Un bonheur que je ne souhaite à personne

SAMUEL LE BIHAN

Un bonheur que je ne souhaite à personne

Préface de Jean-Christophe Rufin

J'AI LU

À ma fille qui, chaque jour, repeint le monde
d'une poésie éblouissante et fiévreuse.
Tes éclats lumineux me laissent toujours
désarmé et spectateur fasciné.

« L'amour, sous ses traits naturels,
est un enfant aveugle et nu. »

William Shakespeare,
Henri V, Acte V, Scène II

Préface

Certains êtres, quelque effort qu'ils fassent pour la dissimuler, sont incapables de cacher leur bonté profonde. Elle se voit dans leur regard, elle transparaît dans leurs actes, elle se révèle dans leurs opinions, leur parole.

Ils peuvent bien se donner des airs de durs, voire de méchants, comme Samuel Le Bihan l'a fait si souvent au cinéma, ils peuvent être bâtis comme des rocs, jouer des poings, parler rude : quelque chose de tendre, de généreux apparaît toujours en eux.

Avec ce roman, c'est cette face (mal) cachée de lui-même que Samuel Le Bihan nous livre, pour notre plus grand bonheur.

La meilleure preuve qu'il s'agit bien de sa vraie personnalité et non d'un énième rôle endossé pour la circonstance, c'est que son texte sonne juste. La fiction ne trompe pas, comme le faisait remarquer Soljenitsyne : à la différence de tous les discours qui se donnent pour vrais et qui nous trompent, le roman, qui est mensonge par nature, est seul susceptible de rendre ce son reconnaissable entre tous, comme un cristal tinte différemment du verre ordinaire : le son de la vérité.

Cette mère qui, dans le roman, se bat pour son enfant, pourrait-elle parler si juste ; ses émotions seraient-elles aussi vraisemblables si on ne reconnaissait, à travers sa voix, celle d'un père qui a mené les mêmes combats, a connu les mêmes désespoirs et traversé les mêmes épreuves. Le roman raconte la bataille de la narratrice pour son fils César, sept ans. Il est autiste, force est de le reconnaître, mais aussi et d'abord être humain sensible, aimant, désemparé. Ce combat, c'est évidemment aussi celui qu'a mené et que mène toujours Samuel Le Bihan pour sa fille du même âge.

On reconnaît d'ailleurs dans son récit sa personnalité paradoxale : la rage, l'excès, la violence parfois, mais au service de la tendresse et de l'amour.

Il fallait avoir vécu tout cela pour trouver ce titre génial, *Un bonheur que je ne souhaite à personne*. Il résume à lui seul tous les paradoxes de ce qui apparaît de l'extérieur comme un drame. Et en effet, c'est un drame, une souffrance, un déchirement mais qui fait éclater tous les faux-semblants, qui rend impossible l'hypocrisie, la tiédeur. Un drame qui apporte son lot de progrès minuscules et de sourires inespérés, un drame qui absorbe toute une vie et la met au service d'une autre. Un drame qui apporte des bonheurs que nul, s'il ne les a vécus, ne s'attendrait à voir fleurir et prendre des couleurs si somptueuses.

À travers toutes les étapes de ce roman, on découvre de brûlants paradoxes : comment reconnaître la particularité d'un tel enfant sans l'enfermer dans son handicap ? Comment nommer sa singularité sans en faire un stigmate qui le condamne à l'exclusion sociale et affective ? Comment s'endurcir pour le défendre et vaincre les obstacles sans se fermer à l'amour et au bonheur ?

On sent, à la lecture de ce livre, qu'il n'est en rien gratuit. Son sens profond est celui d'une reconnaissance et d'un partage. Reconnaissance par ceux qui ne l'ont pas vécue de l'inconcevable difficulté de cette épreuve mais aussi de la possibilité d'en faire une expérience de vie d'une richesse inégalable.

Partage, au profit de tous ceux qui ont ou qui auront à affronter les mêmes difficultés.

Cette idée du partage, voilà bien ce à quoi Samuel Le Bihan croit profondément et bien avant d'avoir à vivre cette expérience personnelle. J'en ai eu la preuve il y a près de quinze ans, à l'époque où je présidais l'ONG « Action contre la faim ». Samuel Le Bihan, à sa manière discrète, avec une timidité qu'on n'attendrait pas si on le jugeait sur ses rôles à l'écran, est venu me proposer son aide. Mettre sa notoriété, ses relations, sa visibilité médiatique au service d'une cause l'animait profondément. Il ne cherchait aucune rétribution narcissique mais révélait seulement une passion véritable, intime, pour la démarche associative. Il est entré peu à peu dans l'organisation et y a joué un rôle déterminant. Plus tard, il a créé sa propre association, au service d'une autre cause : la lutte contre la pollution par les déchets plastiques.

Il serait réducteur de dire que ce roman est une démarche de plus dans cette vocation humanitaire. Il faut le lire comme un texte littéraire, avec ses qualités propres : vivant, juste, poétique.

Reste que la vie d'un auteur entre toujours en résonance avec son œuvre. Celle de Samuel Le Bihan est là, dans ces pages, palpitante, à vif, en colère. Elle leur donne leur force et les rend inoubliables.

Jean-Christophe Rufin,
de l'Académie française.

Cela arrive sans crier gare. D'abord un léger picotement dans les doigts, les pieds. Puis tous les membres. Mes bras deviennent gourds, mes jambes lourdes. Ma vue se trouble, provoquant un léger déséquilibre. Je cherche quelque chose à quoi m'accrocher mais ça tangue. Partout, ça tangue.

Des voix me parviennent, déformées. Autour de moi, les silhouettes sont floues. J'ai froid et pourtant je sens la sueur perler sur mon dos, coller la chemise à ma peau. La petite main de mon fils m'échappe et alors, je sens que ça vacille, que mon corps lâche. Le sol se dérobe, je suis par terre. Je pense : « Non ! » Je n'ai pas le droit, je ne peux pas, je vais me relever. Je me relève toujours, n'est-ce pas ? Mon Dieu, voilà des gens qui accourent. J'ai honte. Mais laissez-moi, bon sang, laissez-moi ! J'ai glissé, c'est juste un coup de fatigue.

Aucun son ne sort de ma bouche. Qu'est-ce qui ne va pas ? Relève-toi, relève-toi donc ! Où est mon fils ? Il ne faut pas qu'il me voie comme ça. Des bras m'attrapent mais mon corps s'effondre de nouveau. Où est César, où est mon fils ? Ils vont me l'enlever, c'est certain.

Ils vont me l'enlever et tout ce pour quoi j'ai lutté va être balayé.

Trois mois plus tôt

Je suis en retard, comme d'habitude. Une main sur le volant, l'autre farfouillant dans le sac à main posé sur le siège passager, je profite d'un feu rouge pour tenter, tant bien que mal, de terminer de me maquiller et de coiffer mes cheveux encore humides. « Être coquette est la première des politesses », disait toujours ma mère. À considérer le rythme fou qu'a pris ma vie, elle me remettrait une médaille pour ma manucure impeccable. Que j'arrive à trouver un moment pour me faire les ongles dans ces journées où je jongle entre mes fils, les tâches quotidiennes, les rendez-vous médicaux et l'association, que j'y *songe* seulement, ne finit pas de m'étonner. Mais je ne suis pas la seule : l'époque est aux *Wonder Women*, rien qu'autour de moi, j'en connais un paquet. Au nom de quoi serais-je plus méritante que les autres ? César ? Pas question !

Derrière moi, les automobilistes klaxonnent, impatients. Je sursaute et manque de m'éborgner avec mon eye-liner avant de redémarrer, étouffant un juron lorsque je constate que la rue suivante est bloquée par un camion de livraison. La ville se réveille. Dans une autre vie, j'aurais savouré ce moment, pris un café au comptoir, observé le ballet des commerçants qui lèvent leur rideau, des éboueurs qui nettoient les trottoirs... Mais force est de constater que la liste des plaisirs que je garde pour cette autre vie s'allonge. Je fais marche arrière et m'engouffre dans une rue perpendiculaire où j'accélère.

Je suis en retard, mais ce matin plus qu'un autre je ne peux me le permettre : j'ai rendez-vous pour décrocher des financements qui maintiendront à flot l'association que j'ai créée. Une entrevue que j'ai mis des mois à obtenir et sur laquelle comptent de nombreux parents aussi démunis que j'ai pu l'être.

Les derniers kilomètres se font sans encombre et lorsque je me gare dans la rue adjacente au bâtiment des Affaires sanitaires et sociales, j'entends des voix familières scander : « De l'argent pour nos enfants ! » Sur la place, devant l'immeuble, une petite vingtaine de personnes, hommes et femmes, brandissent des banderoles. Les visages sont rougis par le froid, ce froid sec et lumineux d'une belle journée de janvier. On souffle sur ses mains, on tape des pieds pour se réchauffer. Il a neigé la veille et une fine couche blanche subsiste sur le bitume et les arbres, quelques flocons scintillant au soleil.

Une clameur m'accueille. Accolades, embrassades.

— Laura ! On se demandait où tu étais ! Comment tu te sens ?

Bien, je me sens bien. Le combat me stimule et la solidarité me porte. Je n'en ai jamais ressenti autant qu'au sein de l'association, où chacun sait ce que l'autre vit. Cela fait tomber les barrières sociales et crée des liens. Je brandis ma propre banderole, avec le visage de mon fils, mon César, reproduit en grand, et m'empare du mégaphone. Dans moins d'une demi-heure, je serai reçue par un bureaucrate que je devrai convaincre. En attendant, je compte bien donner de la voix avec les autres.

Quelques plaisanteries fusent entre deux slogans, l'ambiance est bon enfant malgré les visages tendus et le froid. J'aime ça, cela me rappelle les réunions syndicales où mon père m'emmenait, gamine. Parmi les manifestants, Ellen circule, thermos de café et gobelets en plastique à la main. J'ai perdu bon nombre d'amies depuis le diagnostic mais j'en ai gagné une qui les vaut toutes : Ellen, bien plus pasionaria et radicale que je ne le suis. Elle me lance dans son français mâtiné d'accent irlandais :

— Tu vas n'en faire qu'une bouchée, hein ? en désignant le bâtiment d'un mouvement de tête.

Je souris, tout à la fois galvanisée par la confiance qu'elle place en moi et paniquée à l'idée d'être celle qui cristallise tous ces espoirs. Et si je n'obtenais pas ces financements ? Mon regard se pose sur Fred et Eva, aux moyens encore plus serrés que les miens et qui se saignent aux quatre veines pour que leur fille bénéficie du cadre de la structure.

Mon angoisse monte encore d'un cran lorsque je vois des journalistes jouer des coudes pour se frayer un chemin jusqu'à nous, glaner quelques images, quelques sons. Je me méfie de la presse. Me répandre ou hurler à l'injustice : très peu pour moi. Je préfère agir, trouver des solutions, et c'est pourquoi j'ai créé cette association. Je suis une besogneuse, c'est de famille, un ADN d'ouvrier coule dans mes veines.

— Laisse, je vais leur parler, me rassure Ellen.

Elle est mon strict opposé : elle se joue des médias et n'hésite jamais à prendre la parole. C'est une « bonne cliente », comme on dit. Je suis tentée d'accepter mais je connais sa tendance à l'emballement. Je sais que trop souvent ses mots débordent, que son ton se fait virulent. Cela peut nous desservir.

— Non, non, c'est bon, j'y vais.

D'ailleurs, voilà que le journaliste m'interpelle :

— Vous avez créé l'association « P'tit à P'tit », quel est son but ?

Je me lance dans un discours que les années ont rodé sans qu'il perde de sa sincérité :

— L'ambition de l'association est d'amener les enfants que nous accueillons vers l'autonomie et l'inclusion dans la société.

D'autres questions se succèdent.

— Pourquoi êtes-vous là aujourd'hui ?

— Nous pallions clairement le manque d'une véritable politique d'État en la matière. Mais désormais, nous avons besoin de subventions publiques. Pas seulement nous mais toutes les initiatives privées du même genre que la nôtre.

Je respire un grand coup et, yeux face caméra :

— On naît autiste, on meurt autiste, il n'y a pas de remède. Mais il n'y a pas non plus de fatalité.

Rien ne me préparait à tout ça – l'autisme, l'association, le combat. J'ai trente-huit ans, je suis mère de deux enfants. Deux garçons nés de deux pères différents. Mes mecs à moi, ce sont mes fils : Ben, quinze ans, et César, six ans et demi.

César... C'était un nourrisson éveillé qui évoluait vite, presque plus vite que les autres enfants. Il prononçait déjà quelques mots intelligibles à l'âge où la majorité des bébés balbutient à peine. Il semblait tellement vif ! J'avais hâte de pouvoir échanger avec lui, de le voir apprendre, s'épanouir. Et puis... Et puis les mois ont passé et ces moments ne sont jamais arrivés. Au contraire : César se renfermait un peu plus tous les jours. Il se murait dans le silence, ou alors il poussait des cris. Il me refusait son regard, les yeux en haut, les yeux en bas, les yeux dans le vague, mais jamais droit dans les miens.

J'ai vraiment compris que quelque chose n'allait pas le jour où je l'ai vu avec un autre enfant, le jour où j'ai pu *comparer* – et pas seulement avec les souvenirs que j'avais de l'enfance de Ben. Nous étions chez des amis qui avaient installé une piscine gonflable dans leur jardin. César faisait couler de l'eau sur sa main depuis ce qui me semblait être des heures, indifférent aux arrosoirs et autres jouets. À ses côtés, un petit garçon, plus jeune mais déjà tellement plus habile ! À propos de mon fils, j'ai pensé : « Il n'est pas adapté. » C'est rude, mais c'est pourtant le sentiment qui m'a traversée à cet instant. Ses réactions n'étaient pas appropriées, il me paraissait aller à contresens. Ce petit garçon qui jouait à côté de lui, je l'ai détesté. Il n'avait fait de mal à personne mais sa vivacité m'anéantissait. Après, j'ai traqué les signes. Il avait quoi ? Même pas deux ans. C'est là que j'ai perdu le contact avec lui. Depuis, je cours après son attention.

J'ai fait des recherches, craint de comprendre. Je me souviens du vertige qui s'est emparé de moi lorsqu'en tapant les mots clés sur Google j'ai vu apparaître le mot « autisme ». Un truc qui m'a saisie aux tripes, littéralement. « Ne répond pas à son prénom, ne pointe pas du doigt, ne regarde pas dans les yeux » : bingo, tiercé perdant. « Ce n'est pas possible », me suis-je dit – ce genre de chose, on pense que ça n'arrive qu'aux autres. Et puis j'avais un fils aîné en pleine santé, un enfant « normal », pourquoi le cadet ne le serait-il pas ? Mais il y avait tous ces signes. Et, plus que tout, il y avait mon intuition de mère. Le combat a commencé là, avant même le diagnostic.

J'ai essayé d'obtenir un rendez-vous dans un centre de détection précoce, à deux cents kilomètres de chez nous : pas de place avant six mois. J'ai alors découvert toute une série de sigles barbares – CMP, CMPP, CRA – qui recouvraient la même réalité : en France, diagnostiquer l'autisme est un véritable parcours du combattant. Pendant des mois, j'ai été baladée – *nous* avons été baladés, César et moi – de spécialiste en spécialiste. Spécialisés en quoi, ça, je me le suis demandé plutôt deux fois qu'une. L'un m'a parlé de dépression infantile, l'autre m'a assuré que ça passerait, un troisième m'a dit que je prenais trop de place, le quatrième s'est intéressé à ma sexualité, un cinquième à mon rapport au père (à la mère, la tante, au grand-père, que sais-je encore), un dernier a évoqué le syndrome de Münchhausen, m'accusant de simuler les troubles de mon fils. Je suis partie en courant. De César, il n'a pas été beaucoup question, certains ne lui adressaient même pas la parole.

Parmi les embûches que j'ai eues à surmonter, les inégalités territoriales ne m'ont pas aidée. La décentralisation, tu parles ! J'ai dû aller à Paris pour enfin obtenir confirmation. J'avais beau avoir deviné depuis longtemps, j'avais beau savoir, j'attendais encore un miracle. J'espérais tellement me tromper, me faire des idées. Et puis, lorsque le diagnostic officiel est enfin tombé après des mois de galère, j'ai cru que le monde s'effondrait.

— Votre fils est autiste.

Dans mes oreilles, comme un bourdonnement. Après, je ne sais plus ce qui s'est passé. J'étais dans la rue avec César dans sa poussette, et je répétais, à voix haute :

— Tu ne finiras pas dans un hôpital, je te jure que tu ne finiras pas dans un hôpital.

Je pleurais. Je me sentais tellement seule. Quelques jours plus tôt, j'avais vu un reportage à la télévision, une émission sur des personnes atteintes de handicap mental ou de troubles cognitifs. Ils étaient placés dans des centres tout à fait adaptés et spécialisés mais je trouvais ces endroits sinistres. Le personnel soignant faisait sûrement très bien son travail mais tous gardaient une réserve, une distance professionnelle, une forme d'autorité voire de condescendance qui m'étaient insupportables. J'avais changé de chaîne. Et voilà qu'on m'annonçait que mon petit César risquait de finir comme ces adultes infantilisés qui n'avaient plus leur place dans notre monde de fous ?

— Tu n'iras pas dans un hôpital !

Cette fois-ci, je l'avais hurlé.

La matinée est bien avancée lorsque je me gare devant les locaux de P'tit à P'tit où il a été convenu qu'on se retrouve après la manifestation et mon entretien avec les équipes du préfet. Je suis épuisée mais rassérénée, comme après une bataille qu'on a longtemps attendue, préparée, redoutée... et gagnée ! Le rendez-vous s'est bien passé, nous devrions avoir nos subventions. Sur le siège passager, la banderole, le mégaphone, un thermos... « Ma voiture est un vaisseau commando », me dis-je. En réalité, le vaisseau, ce sont ces locaux. Derrière la façade de cette maison de ville, on prépare la révolution – en tout cas on essaie de changer les choses, de donner un coup de pied dans la fourmilière.

À peine arrivée, je suis accueillie par le « pop » du bouchon de la bouteille de cidre et les applaudissements.

— Longue vie à Laura ! s'exclame Ellen.

Son enthousiasme est relayé par les hourras de l'assemblée. Un peu gênée, légèrement rougissante, je lève mon verre :

— Attendons la réponse officielle, ce n'est pas encore fait.

— Taratata, me rassure Ellen. Vu ce que tu nous as raconté, c'est en bonne voie.

Je touche du bois mais j'ai confiance. P'tit à P'tit va pouvoir vivre et continuer à aider des enfants comme elle a aidé César. Il y a quelques années encore, ce n'était pas gagné. Mais des structures semblables à la nôtre voient le jour un peu partout en France et on commence à être écoutés. « On » : les parents qui, comme moi, se battent, bien malgré eux, contre un système qui les a trop longtemps laissés hors jeu.

Après l'annonce du diagnostic, j'ai passé pas mal de temps à me renseigner. On peut dire ce qu'on veut d'Internet, il n'empêche que, grâce à la Toile, c'est plus difficile de nous la faire, à nous, parents d'autistes. J'ai ainsi découvert toute une communauté très active sur les réseaux sociaux et compris qu'il n'y avait pas que la solution psychiatrique. Il existe diverses méthodes d'apprentissage pour sortir les enfants de cette bulle qui les emprisonne, les aider à dépasser leurs troubles de communication et de comportement et, à terme, les inclure dans la société. Hélas, en France, on est très en retard, il n'y a pas grand-chose et il faut se débrouiller. Dans la ville de province où j'habite, il n'y avait carrément rien.

Alors j'ai décidé de me former. De manière empirique, sur le tas, mais avec une volonté d'acier. Dès que César me laissait un peu de répit, je lisais, surfais sur le Net, échangeais sur les forums. C'est ainsi que j'ai réussi à trouver des professionnels pour appliquer certaines de ces méthodes et m'aider à créer une structure. Ça n'a pas été facile, je ne connaissais rien au monde associatif pas plus qu'à celui de la santé, mais ne pas rester passive m'a aidée à avancer. Immédiatement, j'ai été rejointe par des parents aux abois, que le système en place et le milieu médical laissaient sur le carreau. C'est ainsi que P'tit à P'tit est née.

L'un des parents est propriétaire de la maison de ville dans laquelle nous avons installé la structure, un bâtiment de plain-pied agrémenté d'un jardinet qu'il nous loue pour un prix modéré. Ce n'est pas très grand mais suffisant pour accueillir dix enfants âgés de deux à six ans, en alternance matin et après-midi : un salon que nous avons aménagé en salle de jeux, une pièce qui permet aux éducatrices de travailler avec chaque enfant individuellement ou de les isoler s'ils rencontrent un problème, et une autre que j'ai transformée en bureau. Nous avons remplacé les portes par des rideaux ou des paravents peints dans des couleurs pastel, et décoré le lieu pour lui donner une chaleur loin des salles d'attente médicales impersonnelles. C'est encore un peu de bric et de broc, les jeux éducatifs et le mobilier proviennent de dons, mais l'essentiel est la qualité de notre équipe pédagogique, composée de trois professionnels, des jeunes extrêmement investis, diplômés en neuropsychologie cognitive et qui se sont formés aux méthodes comportementalistes. Deux de plus seraient le Graal…

Notre objectif ? Préparer les enfants à intégrer un cursus scolaire normal. Ils n'ont pas besoin d'être soignés – l'autisme ne se soigne pas – mais d'être accompagnés pour apprendre. Apprendre à s'exprimer, à aller vers les autres, à se faire comprendre. Comme tout un chacun, sauf que c'est plus compliqué pour eux. Alors nous préparons le terrain : nous les sortons du magma de solitude, de douleur et parfois même de violence dans lequel ils se trouvent.

Plus qu'une structure pédagogique, P'tit à P'tit est rapidement devenue une seconde maison pour nous tous et il n'est pas rare d'y croiser des membres de la famille des enfants. Les parents, bien sûr, mais aussi les frères et sœurs. Accessoirement, j'ai aussi gagné des amis ! C'est ce à quoi je songe lorsqu'une bénévole m'interpelle :

— Laura, tu déjeunes avec nous ?

— Non, merci. Je vais y aller, dis-je en avalant mon verre de cidre d'un trait, je prendrai un sandwich, je dois emmener César chez l'orthophoniste.

Comme d'habitude, les autres me charrient, me demandent s'il m'arrive de me poser un peu. « La femme pressée », m'appellent-ils. Ils n'ont pas tort. J'en ris mais je sais bien que je tire un peu trop sur la corde.

Quand César est né, j'ai renoncé à mon métier de juriste. Ben, mon fils aîné, avait huit ans, Éric, mon ex, bossait nuit et jour et j'avais du mal à me remettre de l'accouchement. Alors j'ai dit stop. Je voulais savourer. Savourer… Depuis, César a été diagnostiqué autiste, j'ai quitté mon mari, mon ado commence à m'inquiéter et je jongle entre l'association et un job à mi-temps à l'accueil d'une étude de notaires. J'ai le sentiment que mon quotidien tient du stage de survie. Mais j'ai promis à mon fils qu'il aurait une vie normale, et cela exige une vigilance de tous les instants. Alors je redouble d'efforts.

Je me souviens très exactement de la confusion des sentiments qui m'ont traversée les jours qui ont suivi le diagnostic. D'abord, l'accablement et, tout de suite après, la culpabilité – le terrain avait été bien préparé par tous les spécialistes à la mords-moi-le-nœud que j'avais rencontrés. C'est terrible, la culpabilité de mettre au monde un enfant pas comme les autres – combien de temps m'a-t-il fallu pour arriver à formuler le mot « handicapé » ? Lorsque je regardais César, je manquais d'air. C'était comme si un coup de poing me coupait le souffle et me rappelait ma faute. Mais je n'ai pas eu le temps d'expier, d'ailleurs ce n'était pas le propos, il y avait urgence, il fallait se relever. Les ressources que l'on trouve en tant que mère dans ces moments-là, c'est à peine croyable. Je me suis muée en guerrière. C'était il y a presque quatre ans. Depuis, je me bats contre une pathologie dont tout le monde parle mais sur laquelle on ne sait rien, ou presque, et qui revêt de multiples formes ; je me bats contre cette culpabilité qui affleure encore ; contre le découragement qui menace toujours ; contre la société qui a immédiatement condamné mon fils. César ne guérira pas, je le sais, j'en ai fait le deuil. Mais je sais aussi qu'on peut aller vers de plus en plus d'autonomie. Et qu'on ne vienne pas me dire le contraire, je vois en lui des capacités qui ne demandent qu'à être développées. Simplement, elles ne répondent pas aux critères que la société érige en valeurs.

Toute cette période, je l'ai vécue avec beaucoup de pragmatisme. Je me disais : à chaque problème sa solution, il suffit de faire de mon mieux pour y répondre. Les rendez-vous avec les médecins, les quantités d'analyses, les petites humiliations, j'abordais tout cela avec sang-froid. Et seule. Car Éric est devenu de plus en plus flou dans l'image. À la naissance, déjà, il avait entamé une belle crise de la quarantaine. Après le diagnostic, ça a été pire. Il s'est fait fuyant. Jusqu'à fuir littéralement. Notre mariage n'a pas survécu, je me suis résolue à demander le divorce six mois plus tard.

J'étais donc seule mais prête à en découdre.

— Que fait-on ? ai-je demandé quand le mot « autisme » a enfin été posé.

La réponse m'a rendue folle, j'aurais pu casser la figure de mon interlocuteur, un vénérable professeur d'un très respecté hôpital parisien. Unité psychiatrique, voilà ce qu'il m'a proposé. J'en ai cauchemardé des nuits durant ; la vision de mon tout-petit emmailloté et gavé de médicaments me hante encore.

— Quelle alternative ?

— Centres médico-sociaux, m'a-t-on répondu en me balançant là encore toute une série d'acronymes : IMP, CAMSP, EMP.

— Et l'école ?

César avait presque trois ans, l'âge auquel on fait sa première rentrée. Je ne l'avais pas inscrit, la recherche du pourquoi de sa différence avait tout occulté. J'aurais pu tricher, forcer les choses et l'inscrire sans rien dire, coûte que coûte. J'aurais aussi pu entamer dès ce moment le long chemin pour le scolariser, mais il n'avait jamais vécu en collectivité, pas de crèche ni de garderie puisque j'avais prolongé le congé parental pris à sa naissance.

Bien sûr, quand j'ai posé cette question, je savais qu'il n'était pas encore prêt, pas plus que je ne l'étais d'ailleurs. J'étais persuadée que la solution viendrait des autres, du contact avec d'autres enfants dits « normaux », mais j'avais l'intuition que, pour ça, il fallait le préparer, sinon il serait broyé. Je restais optimiste, j'avais lu que le premier écueil était le retard de diagnostic, rarement posé avant cinq, six ans, et je pensais qu'en l'occurrence le handicap avait été détecté suffisamment tôt pour que César puisse assez rapidement rejoindre un circuit scolaire classique.

— Et l'école ? ai-je donc quand même demandé.

— L'école ? N'y pensez pas, madame.

Ce jour-là, le barrage a cédé. Le soir même, j'étais au cinéma avec une amie – pour une fois, je m'accordais un moment. Je ne lui avais rien dit, je n'avais pas les mots. Quand la salle a été plongée dans le noir, j'ai pensé à César, à la chance qu'il n'avait pas, à la fragilité de cet enfant qui n'avait rien demandé, et j'ai commencé à pleurer, en silence. Un long flot de larmes continu qui m'échappait et me soulageait. J'ai pleuré toute la séance, dans le noir solitaire de cette salle bondée. J'étais désespérée. Je l'avais mis au monde, un monde qu'il ne comprendrait peut-être jamais, pas plus qu'il n'en serait compris. Pire encore : un monde qui, certainement, le rejetterait. Le film s'est terminé, j'ai séché mes larmes. Et j'ai décidé de me battre.

Quand nous sortons de la structure, César et moi, il ne reste déjà plus grand-chose de la neige tombée ce matin. Je songe que je l'emmènerais volontiers à la recherche de grandes étendues pour faire de la luge. « Qu'est-ce qui t'en empêche ? » me souffle une petite voix. C'est vrai, ça, qu'est-ce qui m'en empêche ? Je jette un œil à mon fils qui s'applique à éviter les flaques laissées par la fonte, sa mine concentrée éclairée par un rayon de soleil hivernal. Rien sur son visage ne laisse penser qu'il est malade, seule son attitude peut interpeller. Mais s'il attire les regards, c'est d'abord parce qu'il est beau comme un astre. Ses yeux verts en amande, ses pommettes hautes, sa fossette au menton et ses boucles romantiques... Toute cette douceur qu'il dégage malgré la sévérité du regard accentuée par des sourcils au dessin épais. Car son regard est le plus souvent sévère, aux aguets.

Je me secoue et nous nous dirigeons vers la voiture, garée non loin de là. Nos souffles font de la fumée, ça amuse César.

— Encore, demande-t-il.

Nous n'avons pas le temps, l'orthophoniste nous attend, je n'ai rien dans le ventre et dois encore m'arrêter acheter un sandwich, mais me voilà en train de faire le « petit chien », rien que pour entendre mon fils éclater de rire. J'ai appris à être attentive à ces opportunités, à ces moments de grâce où un semblant de complicité passe entre nous, où je l'atteins pour le meilleur. Où nous nous *amusons*. Je l'ai appris mais trop souvent j'oublie. Je me laisse rattraper par l'intendance et ne raisonne qu'en termes d'objectifs.

— Allez, on y va maintenant, finis-je par dire, c'est l'heure d'aller chez Blandine.

Il obtempère immédiatement. Il sait qui est Blandine et semble apprécier la quinquagénaire qui s'occupe de lui deux fois par semaine pour l'aider à s'exprimer, en plus du travail qu'il fait à la structure. En ce moment, les séances sont encore plus soutenues afin de le préparer à l'entrée en CP. Quand je pense à cela, mon cœur fait un bond. Mon enfant, dans une cour d'école « normale », avec d'autres élèves « normaux ». J'en suis à la fois excitée et terrorisée. César, lui, ne saisit pas encore l'enjeu, je le préparerai le moment venu. Nous avons quelques mois devant nous. Ce n'est pas pour rien que j'ai baptisé la structure « P'tit à P'tit » : je sais à quel point il ne faut pas brûler les étapes.

Sur le trajet, chauffage et dégivrage poussés à fond, il chantonne. Enfin, pour le dire honnêtement, il chante à tue-tête. C'est son truc du moment, il adore ça. Il chante tout le temps. Faux, fort et dans un yaourt d'anglais que moi seule, qui ai l'habitude, arrive à décrypter. « Heureusement, me dis-je, manquerait plus qu'on le comprenne. » Car en l'occurrence, alors que nous nous installons dans la salle d'attente, il s'époumone sur *I Want Your Sex*, de George Michael. Va savoir pourquoi, va savoir où et quand il a entendu ce morceau. Son frère peut-être ? Quoique celui-ci le trouverait certainement ringard.

Je me retiens de rire et d'un ton calme, celui que j'emploie toujours avec César, je lui demande de chanter moins fort. Il réplique, en écho :

— César, moins fort, César moins fort.

Et il se met à chanter de plus belle. Peut-être même un ton encore au-dessus mais je préfère croire que je me fais des idées. La femme qui attend à l'autre extrémité de la salle lève la tête de son magazine féminin et me fait un petit sourire gêné. Elle semble avoir le même âge que moi mais j'ai l'impression d'avoir pris vingt ans et les rides qui vont avec à l'annonce du diagnostic. Sans doute pour masquer son embarras, elle m'interpelle :

— C'est la course, hein ? Après, la petite a danse et on doit encore récupérer son frère au basket. Et puis goûter d'anniversaire pour l'un et répétition de piano pour l'autre. Parfois, je me dis que ces enfants ont un emploi du temps de ministre !

La femme a un petit rire, là encore un peu gêné. Blandine partage son cabinet avec une pédiatre et j'imagine que c'est elle que cette femme et sa fille viennent consulter. Bien sûr, pourquoi aurait-elle besoin d'une orthophoniste ? Je hoche la tête sans rien dire, dubitative. « Elle le fait exprès ou quoi ? » ne puis-je m'empêcher de penser. Si César ne porte pas sa maladie sur le front, en l'occurrence, son comportement ne laisse pas de doute, il est évident que ce n'est pas un enfant comme les autres, alors pourquoi est-ce qu'elle me parle de basket, de piano et de goûter d'anniversaire ? Et pourquoi sur un ton aussi las ? Si elle savait combien j'aimerais, moi aussi, emmener mon fils au basket, au piano et, surtout, à des goûters d'anniversaire... Pour ne pas laisser monter l'amertume, je me morigène : « Tu préférerais qu'elle regarde César comme une bête curieuse ou qu'elle semble outragée ? » Voilà, c'est tout moi, je suis sans cesse bousculée par des pensées contraires, je sauve ou je condamne.

— Lui, il a chorale après, finis-je par lâcher.

Si la maladie de mon fils m'a appris quelque chose, c'est bien cela : ne pas se prendre au sérieux. J'ai même développé une certaine forme d'insolence, je crois. Laisser les autres se confronter à la différence sans les prévenir m'amuse. Et puis je n'aime pas dire que César est autiste, j'ai l'impression de le réduire à son handicap.

Mais la brutalité de la réalité me rattrape quand il se lève pour s'avancer vers la caisse de jouets où farfouille la petite. Dans les yeux de la femme, je vois passer le doute suivi de l'inquiétude. Je fais comme si de rien n'était mais je n'en mène pas plus large car César demeure imprévisible pour moi aussi. Elle a un mouvement pour attraper sa fille ; comment lui en vouloir ? Ma paupière palpite et mon rythme cardiaque s'accélère, cela m'arrive souvent ces derniers temps

– trop de café, trop de colère, pas assez de repos. Je m'oblige à respirer et à fixer mon attention sur mon fils. La porte du cabinet s'ouvre sur Blandine.

— César, Laura, bonjour. C'est à nous.

César s'approche, tout sourire, et hurle :

— *I want your sex !*

Il fait nuit lorsque nous rentrons enfin. Nous habitons une petite résidence à la périphérie de la ville, une zone dite « populaire ». Au risque de faire des généralités, j'ai remarqué que dans ces quartiers on accepte beaucoup mieux la différence. Certainement parce qu'on y est confronté tous les jours. Les gens mis à la marge se reconnaissent entre eux, c'est un soulagement car je suis épuisée d'avoir à me justifier ou d'être jugée à cause du comportement « inadapté » de mon enfant. Il n'est pas comme les autres, et alors ?

Ben est déjà là, le nez sur son portable évidemment, et la main dans un paquet de chips.

— Je t'ai vue à la télé, ânonne-t-il entre deux bouchées.

Mon cœur s'emballe.

— Alors, comment j'étais ? Pas trop ridicule ?

Il se lève, s'étire en grognant – « Fatigué ? » ai-je envie d'ironiser –, ébouriffe les cheveux de son frère et m'embrasse en disant :

— Tu étais très bien, bravo.

Je fonds, évidemment. Mon fils m'a trouvée très bien ! Je suis particulièrement fière de la relation que lui et moi avons développée ; il y a entre nous la complicité de ceux qui ont partagé un coup dur mais s'en sont sortis la tête haute. Il avait à peine deux ans quand je me suis séparée de Damien, son père. La période n'a pas été évidente, je suis retournée chez mes parents et nous avons vécu un temps tous les deux dans ma chambre de jeune fille avant que je rencontre Éric. Je rêvais autant d'un homme pour moi que d'un second père pour mon fils. Damien est un chic type mais il vit dans une autre région et Ben ne le voit pas beaucoup. Maître d'œuvre pour un gros cabinet d'architectes, il a des chantiers un peu partout en Europe et voyage beaucoup. Ben et lui s'entendent bien mais communiquent peu.

— Quelle angoisse ça a été ! Mais je suis contente, j'ai rien lâché, il y a de grandes chances qu'on ait nos subventions.

Alors qu'il commence à se carapater hors de la cuisine, je l'interpelle :

— Dis, j'ai eu une journée infernale, et j'ai encore ce dîner chez Luc et Léa ce soir... tu veux bien t'occuper de la douche de ton frère s'il te plaît pendant que je vous prépare quelque chose à manger ?

Il râle bien sûr mais s'exécute tandis que je reste dubitative devant le frigo quasiment vide. Bon... on va improviser avec ces pommes de terre germées et ces haricots flétris. Sans prendre le temps d'enfiler une tenue plus confortable, je commence à éplucher les légumes. En haut, j'entends des bribes de discussion, ou plutôt du monologue de Ben qui commente tout ce qu'il fait. Il en va ainsi avec César, il faut alimenter la conversation. Bientôt, la mécanique de mes gestes – éplucher, couper, équeuter – entraîne le silence et la concentration. Pour éviter de plonger dans mes pensées et que mes soucis remontent à la surface, j'allume la radio et contiens une légère excitation lorsque, sur la fréquence régionale, j'entends un reportage sur notre action de ce matin. En marge de mon interview, le journaliste rappelle tous les monts et merveilles que le gouvernement a promis dans le cadre d'un nouveau plan. J'attends de voir, on a déjà essuyé tellement de déceptions... Je coupe le son un peu plus brusquement que je ne le voudrais et appelle les garçons pour qu'ils passent à table.

Les repas, c'est quitte ou double. César a beaucoup de mal avec la motricité fine, il faut l'aider pour éviter qu'il en mette partout. Mais comme il ne tient pas en place, il a tôt fait de se balader avec son assiette, et là, c'est le désastre. Il faut donc le maintenir à table pour ne pas avoir à lui courir après dans la maison tout en lui rappelant de manger car il se perd facilement dans ses pensées. Fatiguée comme je le suis ce soir, je m'attends au pire lorsqu'il s'installe. Comme à son habitude, il sépare les aliments les uns des autres et les attaque dans un ordre précis. Les pommes de terre en premier, bien sûr. Je ne suis pas allée au plus facile avec le menu et je sais qu'il va falloir négocier pour qu'il accepte les haricots verts : il refuse catégoriquement toute alimentation de couleur verte. Avec les années j'ai développé des ruses : un petit bout de pain, parce qu'il adore ça, contre quelques haricots, une cuillerée de petits pois ou d'épinards. Ce n'est pas le troc de l'année mais ça fonctionne. Et sinon, il y a toujours le recours au ketchup…

Je pose donc consciencieusement quelques petits morceaux de pain devant lui. Sans manifester plus d'intérêt que ça, César enfourne néanmoins une fourchette de haricots. Et là… là commence un long travail de mastication. Au début, en constatant à quel point il prenait le temps de mâcher, j'étais aux anges. « C'est bien, mon fils, il faut manger lentement, c'est mieux pour la digestion. » Maintenant, alors que je chronomètre parfois dix minutes entre deux bouchées, j'avoue que je n'en ai plus rien à faire de la digestion, aujourd'hui encore moins que d'habitude : l'heure tourne et je vais être en retard. Mais qu'est-ce qui m'a pris d'accepter de sortir ce soir, après la journée que j'ai passée… Je soupire, Ben se marre et lance :

— Allez, crapaud, si tu accélères un peu le rythme, on va sur Snapchat.

Miracle, ça marche ! César termine son assiette proprement et en un temps record. Qu'importe si pour cela il faut l'autoriser à s'exhiber sur les réseaux, travesti par des oreilles de chat, une langue de chien et des yeux de martien. Comme on dit : avant, j'avais des principes, maintenant, j'ai des enfants.

Le handicap de César m'en a appris beaucoup sur moi-même mais il m'a aussi renseignée sur ceux qui m'entourent. Et ce n'est pas toujours reluisant. Parmi mes relations de ma vie « d'avant », il y a ceux qui ont coupé tous les ponts, comme si l'autisme était contagieux, et ceux qui sont vaguement restés dans le paysage, faisant preuve d'un misérabilisme teinté d'égocentrisme quand on se croise. Lorsque est venu s'ajouter mon divorce avec Éric, les contacts se sont encore amenuisés. Mais parfois, je reçois des invitations hors du cercle de la petite cellule que je me suis reconstituée. Je me force à m'y rendre même si, chaque fois, je me demande ce que je fais là.

Ce soir encore, la curiosité l'a emporté – « Et si... », me dis-je devant chaque nouvelle proposition (« ... je rencontrais l'homme de ma vie, la Fortune, le professeur qui guérira César... »), je suis une incorrigible optimiste. Et puis je ne suis pas sortie depuis tellement longtemps.

— Depuis Mathusalem, a insisté Ben. Ça te fera du bien, maman. T'inquiète, je garde César.

Alors j'ai dit oui à Luc et Léa, dont je n'avais plus de nouvelles depuis un moment.

À peine ai-je franchi le seuil de chez eux que je comprends que je vais m'ennuyer. Il ne faut pas être grand clerc pour deviner que je suis la seule mère d'un enfant « à problèmes ». C'est comme ça que Léa me présente, de but en blanc :

— Laura, la maman de César, le petit garçon à problèmes, qu'on a vue aux informations tout à l'heure.

Un enfant qui se bat ou vole est un enfant « à problèmes » ; un autiste est un enfant handicapé. Je ne l'explique pas à Léa, pas plus que je ne lui dis à quel point je trouve son attitude grossière. Comparées à tant d'autres choses, ces paroles ne sont rien.

Mais lorsqu'une fois à table elle commence à m'interroger à propos de César, la situation s'envenime. Je n'aime pas parler de lui car trop souvent cela revient à me plier à un petit jeu pervers qui consiste à faire la liste de ses difficultés et, par écho, celle de mes malheurs. Certaines personnes ne veulent pas entendre ce qui est positif dans notre histoire, ça ne leur provoque pas assez de sensations. Elles veulent frémir, elles veulent me plaindre, se trouver en position de force et se rassurer sur leur propre bonheur : « Quelle chance on a, nous, à côté », toucher du bois en espérant que jamais ça ne leur arrivera. Je me suis laissé prendre une fois et je m'en suis terriblement voulu. J'ai eu le sentiment de trahir mon fils en salissant la confiance qu'il avait en moi. Moi qui lui ai promis de ne voir que ses qualités et ses capacités à vaincre tous les obstacles. Comme si cette énergie ne dépendait que de notre force à y croire et à ce que les autres y croient aussi. L'entrée n'est pas plus tôt entamée qu'elle attaque donc :

— Ça ne va pas être trop dur pour le faire admettre à l'école ?

Notez que Léa n'a pas demandé : « Comment ça se présente l'école pour César ? » Non, elle a d'emblée évoqué les problèmes. Bon, elle n'a pas tort et c'est ça qui m'embête, autant que la certitude que de toute façon les convives réunis autour de cette table n'attendent que ça : l'étalage de mon malheur. Je le sens quand les gens sont sincères, quand je peux vraiment parler. Et là, ce n'est clairement pas le cas. Mais je joue un peu le jeu. Évidemment, il y a toujours quelqu'un pour croire que l'autisme, c'est Rain Man. Ça ne loupe pas, voilà que mon vis-à-vis me demande :

— Il doit être très intelligent, non ? J'ai lu un article très intéressant sur la neurodiversité.

Je me retiens de lui rire au nez. La neurodiversité, le dernier truc à la mode... À cause de ça, certains croient que tous les autistes sont des Steve Jobs en puissance et qu'ils n'ont pas besoin d'aide. Foutaises ! L'autisme, ce n'est pas : soit neuneu, soit Einstein ; c'est un peu plus complexe que ça. Léa en rajoute une couche :

— Tu vois, avec ma fille c'est pareil, elle est surdouée et ce n'est pas simple tous les jours. Des fois elle refuse d'aller à l'école et je la comprends, elle s'y ennuie tellement !

Nous y voilà. Là encore, il y en a forcément une qui le place chaque fois, qui ne trouve pas mieux que de se servir de César pour mettre en avant son propre enfant. Avez-vous fait le compte du nombre d'enfants surdoués autour de vous ? À écouter mes voisins par exemple, mon quartier concentre un nombre incroyable de génies au mètre carré. Si tout se passe bien, on devrait pouvoir sauver la planète rien qu'avec le pâté de maisons.

La vérité, c'est que cela ne me fait rien d'accorder aux autres ces petites victoires de salon. Pauvre Léa qui malgré tous ses efforts n'est pas parvenue à devenir ce qu'elle rêvait d'être et qui fait aujourd'hui peser tous ses espoirs sur sa petite fille modèle - oui, j'ai envie être méchante. Ce qu'elle ne sait pas, c'est qu'en l'élevant comme elle le fait la petite ira aussi loin que sa mère, c'est-à-dire pas très loin. Le même schéma se reproduira encore et encore, à moins d'un accident ; à moins, par exemple, d'un César dans sa vie. Alors je dis, tâchant de prendre l'air concerné :

— Oui, je comprends, c'est difficile.

Et puis je rentre en moi-même exactement comme César rentre dans sa bulle, déprimée à l'idée de faire tant d'efforts pour que mon fils s'intègre si c'est pour le confronter à un monde aussi étriqué. Je suis bien résolue à rester coite jusqu'à la fin du dîner mais Léa a décidé de poursuivre sur sa lancée :

— Heureusement tu as de la chance, César n'est pas très atteint.

Il y a un moment de silence. Les hyènes guettent, peut-être un peu déçues. Comment ça, « pas très atteint » ? Mais on nous a promis de la sensation forte, des anecdotes croustillantes, à faire pleurer dans les chaumières ! D'une voix blanche, je réponds que je ne sais pas ce que ça veut dire, « pas très atteint ». C'est comme « à problèmes » ? Un instant, j'hésite à sortir la carte d'handicapé de César, mais ce serait un poil grandiloquent, non ? Je ne raconterai pas non plus l'incertitude dans laquelle je vis en permanence : jusque-là, César fait des progrès, mais demain, tout peut s'arrêter, et même se dégrader. Léa, elle, n'a aucun scrupule à déballer ce qui tient de l'intime :

— Enfin, c'est vrai qu'il s'automutilait quand même.

Je la fixe sans rien dire. Pas question d'évoquer la violence de César auprès de ces inconnus. Les convives doivent sentir le malaise et un autre embraie sur son fils hyperactif – là encore, c'est à la mode. Quand j'étais petite, ma grand-mère nous appelait les lombrics, mon frère et moi, tellement on s'agitait. Elle nous donnait du vermifuge, persuadée que ça nous calmerait. Aujourd'hui, dès qu'un enfant pousse un cri plus haut que l'autre, on nous brandit la menace du TDAH (Trouble de l'attention/hyperactivité) et on prescrit de la Ritaline. Pas certain que ce soit plus pertinent que la recette de ma grand-mère. Bien sûr, c'est une réalité – mon César n'a pas l'apanage du handicap et je ne prétends pas être médecin –, mais parfois, le gamin est simplement épuisé du rythme que ses parents lui imposent : tout pour en faire un génie, un surdoué, la boucle est bouclée.

— Il paraît que ça se rapproche un peu de l'autisme, que c'en est même une forme, reprend le père du prétendu hyperactif.

Je le trouve sacrément gonflé ! « On ne joue pas avec ça », ai-je envie de lui rétorquer. Et puis… Et puis pourquoi pas jouer après tout ? Alors je balance :

— Tu n'as pas tort, peut-être que tu devrais l'emmener consulter ?

Il bafouille, je ne lui laisse pas le temps de répliquer :

— Est-ce que le petit a beaucoup regardé l'âne Trotro quand il était petit ? Parce qu'il paraît qu'il y a des images subliminales qui ont un impact sur les neurones. Des wagons entiers de dégénérés à cause de l'âne Trotro…

— Euh…

Il cherche de l'aide auprès de sa femme, qui vole à son secours :

— Non mais ça va, Wenceslas est simplement un peu nerveux.

Je sens la colère grandir en moi, je suis à fleur de peau ces derniers temps, je ne me reconnais pas. Je vais me la faire, elle aussi :

— Pendant ta grossesse, tu n'as pas trop abusé de crème antivergetures ? C'est pas bon pour le fœtus, tu sais.

Je ne leur laisse pas le temps de respirer et me tourne de nouveau vers le père :

— Et toi, est-ce que tu as mangé des Chocabons pendant ton adolescence ? Parce qu'il paraît que ça a un impact sur les spermatozoïdes et que l'autisme pourrait être lié à ça. Je serais toi, j'irais faire une biopsie testiculaire…

Le type manque de s'étrangler avec son vin. Moi, tout sourire :

— Je reprendrais bien un peu de rognons s'il te plaît Léa.

Le lendemain, je me sens maussade comme rarement. Cette soirée m'a laissé un goût amer. Je n'aurais jamais dû aller à ce dîner. La vie sociale, ce n'est plus pour moi, il va falloir que je m'y fasse. Sans compter que j'accuse le coup de deux malheureux verres de vin... Je resterais volontiers au lit mais ce n'est pas le genre de la maison. À 7 heures, c'est déjà le branle-bas de combat. Quatre matinées par semaine, je travaille au secrétariat d'une étude de notaires. Ma formation de juriste m'avait prédisposée à occuper plus de responsabilités mais la vie en a décidé autrement et franchement, pour l'heure, ma carrière, je m'en moque. Je suis déjà contente d'avoir un job, je connais trop de mamans qui sont dans l'obligation de rester à la maison parce qu'aucune structure ne prend leur enfant en charge. L'essentiel est que cela me laisse suffisamment de temps – physique et mental – pour m'occuper de César et, surtout, que ça paie ! La création de P'tit à P'tit a épuisé mes réserves financières – pour être claire : j'ai craqué mon PEL. Et quoique Éric verse une pension, que je conjugue avec l'aide de la MDPH (Maisons départementales des personnes handicapées), j'ai évidemment dû reprendre un travail.

On en parle, du coût d'un enfant autiste ? Ah, certes, il ne réclame pas le dernier Lego Star Wars, mais franchement, je préférerais mettre l'argent là-dedans. Pardonnez ma franchise mais en fait, avoir un enfant handicapé, c'est un truc de riches – ou qui devrait être réservé aux riches. J'ai des aides, bien sûr – la galère pour monter le dossier –, mais cela ne recouvre pas tout.

Avant de démarrer ma demi-journée à l'étude, je dépose Ben au lycée puis César au centre. À 13 heures, je récupère le petit et si je ne reste pas pour donner un coup de main à la structure, nous partons pour la tournée des grands-ducs – kinésithérapeute, ostéopathe, naturopathe, ergothérapeute, orthophoniste, psychologue, médecin… Pour certains, ce n'est ni conventionné ni conventionnel, mais cela fait beaucoup de bien à César. Il a ainsi toute une équipe de spécialistes autour de lui, comme une vedette de cinéma ou un athlète de haut niveau. « Oui, enfin, il a moins de fans et de sponsors », ironise Ben quand il m'entend dire ça. Voilà notre quotidien : aucune place n'est laissée à la fantaisie.

En attendant, ce matin comme tous les matins, je cours dans tous les sens. Je me suis levée un peu plus tôt, juste le temps de prendre ma douche avant que la salle de bains ne soit plus accessible. C'est fou ce que les adolescents sont lents… « Ben est peut-être amoureux », me dis-je, rassurée de mettre sur le compte d'un flirt son attitude plutôt nerveuse ces derniers temps.

Après la douche et un rapide café avalé debout dans la cuisine, je réveille César. Dès lors, le timing devient encore plus serré. Notre emploi du temps est réglé à la minute près, comme dans toutes les familles, mais César, plus que d'autres enfants, a besoin d'un environnement stable avec des routines précises pour appréhender notre monde. Pour le rassurer, définir un cadre, je lui ai mis en place un tableau avec des pictogrammes détaillant chaque étape de la journée, depuis le réveil jusqu'au coucher.

— César, mon cœur, c'est l'heure.

Il grogne un peu, se retourne, j'en profite pour sniffer son cou tout chaud, me faire un shoot de tendresse. Je glisse ma main sous ses fesses en espérant que la couche soit sèche. Oui, je lui mets encore une couche la nuit car il n'arrive pas à être propre. J'y ai cru il y a quelques mois, mais depuis, on a régressé. J'ai beau promettre des bonbons en récompense, il a perdu la motivation de se retenir la nuit, ou plus certainement est-ce la fatigue. Heureusement, il est propre dans la journée parce que c'est une condition *sine qua non* pour espérer aller à l'école.

Enfin... il est propre, oui, mais les selles restent compliquées. Comme beaucoup d'enfants autistes, César a des problèmes de constipation. Il se retient, du coup ça lui fait mal, alors il refuse d'y aller, mais comme il n'y va pas, ça lui fait encore plus mal et ainsi de suite. Je veux tellement le soutenir dans cette épreuve que c'est devenu une grande fête lorsqu'il va aux toilettes. Je suis en train de rendre mon fils complètement dingue, il va finir par croire que les excréments sont l'une des choses les plus précieuses de l'existence et qu'aller faire un tour aux toilettes est motif de fête familiale.

— Allez, debout.

Il se lève et, ô joie, la couche est sèche. J'exécute une petite danse, il me regarde, hilare, et déclare :

— César, bonbon.

Même pas interrogatif, la fripouille ! Ah, il ne perd pas le nord.

— Tu devrais peut-être revoir tes méthodes d'éducation, non ? se moque Ben qui passe devant la chambre, à la recherche de son devoir de français. J'espère que c'est pas lui qui l'a pris, grommelle-t-il.

César a en effet la fâcheuse habitude d'émietter, effriter, découper tout ce qu'il trouve.

— Tu peux t'adresser directement à ton frère, Ben !

Mon grand échalas d'ado hausse les épaules et se retire dans sa chambre. Il est bonne pâte et aime sincèrement son frère mais depuis quelque temps, il m'échappe. Il semble moins à l'écoute du petit, moins enclin à me relayer, ou alors il le fait avec moins de spontanéité et pas vraiment de gaîté de cœur. Voilà longtemps que je ne me pose plus la question de savoir comment il vit le handicap de César. Bien sûr, c'est omniprésent, mais ce n'est plus un problème. Au diagnostic, je le lui avais expliqué du mieux que je pouvais, c'est-à-dire en étant sincère et à l'écoute.

— Tu poses toutes les questions que tu veux et tu me dis tout ce que tu penses, même le pire.

J'avais établi ça comme un pacte entre nous deux. J'avais pensé que ça suffirait et, de fait, Ben n'avait pas paru en souffrir. Au départ d'Éric il s'était mué en petit homme mais rien dans son comportement n'indiquait qu'il en avait trop sur les épaules.

— Tu veux aller voir quelqu'un ? lui avais-je tout de même demandé par acquit de conscience. Un psychologue à qui tu pourrais confier tout ce que tu n'oses peut-être pas me dire ?

Mais il avait décliné, étonné :

— Non, ça va.

Peut-être faudrait-il lui reposer la question et renouveler notre pacte...

« On verra plus tard », songé-je. À genoux devant César, je l'aide à s'habiller. Beaucoup de mouvements simples sont difficiles pour lui, alors je pose mes mains sur les siennes et nous les faisons ensemble. Il mettra peut-être plus de temps que les autres mais il y arrivera, je le sais. En attendant, comme pour les selles, je l'encourage tout le temps, à chaque effort, à la limite du ridicule. C'est presque un jeu entre nous, un moyen aussi d'établir une certaine complicité et on peut en user à l'excès. Il n'y a pas de contre-indication ni de posologie et c'est fou ce que ça fait du bien !

César attrape son pull et je panique une demi-seconde en me disant qu'il est peut-être trop fin pour la saison. Je n'ai qu'à en changer, me direz-vous. Ce n'est pas si facile, très chers : avec César, je n'ai pas le droit à l'hésitation ; si le doute s'installe, il commence à stresser. De même que si j'oublie quelque chose à la maison et que je dois revenir sur mes pas, je provoque chez lui des chocs émotionnels violents. Or j'oublie un paquet de choses... Mon pauvre César, ta mère est tellement tête en l'air que ça ne doit pas être drôle tous les jours pour toi. Alors je décide que le pull conviendra très bien – la structure est chauffée, n'est-ce pas ? Tout en enfilant ses chaussettes et en suçotant le bonbon que je lui ai donné – oui, j'ai cédé –, César chante à tue-tête. « C'est reparti », me dis-je tout en m'interrogeant sur le sens de ses choix, de George Michael hier à Alicia Keys ce matin.

— *This girl is on fiiiire !*

— César, stop s'il te plaît, se plaint son frère.

En fait, il a chanté comme ça une bonne partie de la soirée d'hier, m'a raconté Ben à mon retour. Ce n'est pas la première fois et c'est très mignon, bien sûr, mais quand ça lui prend, on ne peut pas dormir. En général, dans ces cas-là, mon aîné met son casque et regarde des séries, alors que moi, en tant que mère, je ne peux pas m'isoler ainsi. Mais hier soir, c'est lui qui a subi, et ce matin, sa patience a atteint ses limites. Il ne tarde pas à exploser :

— Putain, il fait chier !

— Ben ! surveille ton langage.

— Putain il fait chier, reprend le plus jeune en écholalie. Putain il fait chier, putain il fait chier...

— Bravo, Ben, t'as gagné. Tu viens de refiler le syndrome de La Tourette à ton frère. T'es content ?

— Très drôle maman, c'est malin ça.

Il lance un coup de pied dans son sac à dos mais je lui ai arraché un sourire, ma journée est sauvée.

Les écholalies font partie de la panoplie autistique. César peut répéter un mot ou une phrase à l'infini, particulièrement dans des moments de stress. En l'occurrence, comme il est une éponge à toutes les émotions environnantes, la nervosité évidente de Ben a dû éveiller la sienne, et voilà le résultat. Maintenant, il faut que j'attire son attention sur autre chose si je ne veux pas que tout le monde se retourne sur nous dans la rue.

— *This girl is on fiiiireuuu*, entonné-je à mon tour pour qu'il revienne à Alicia Keys. Je suis désolée, Ben, mais je préfère encore que ton frère chante.

— *This girl is on fire*, s'égosille César à ma suite, indifférent à sa mine agacée.

— Allez, allez, on y va, on va être en retard.

Dans mes rêves, le quart d'heure de trajet quotidien pour déposer l'un à la structure, l'autre au lycée, est l'occasion de grandes discussions ou de petites mises au point. Mais ça, c'est dans mes rêves... Je regarde Ben installé à mes côtés, puis César à l'arrière. Casque sur les oreilles, le premier fredonne un rythme dont les basses me parviennent assourdies ; mains sur les yeux, le second secoue la tête dans tous les sens. « Ado et autiste, même combat », me dis-je.

Je soupire en freinant devant le lycée. Après un *ciao*, Ben descend et échange des saluts compliqués avec d'autres ados – poing contre poing, puis les paumes, les doigts et un coup d'épaule pour conclure. César est occupé à observer Dieu sait quoi au plafond de l'habitacle et mon cœur se serre à l'idée qu'il n'en sera sans doute jamais de même pour lui : les copains, le skate-park, le basket, les répétitions de musique dans un garage le samedi, les flirts, les tee-shirts à slogan, les cheveux longs, les cheveux teints... Tous ces micro-événements qui font l'adolescence, il ne les vivra pas.

— Comme d'habitude ?

J'acquiesce en m'installant au comptoir. Notre quotidien est réglé comme du papier à musique, néanmoins, chaque mercredi après ma matinée de travail, je m'accorde quelques minutes dans ce bar-tabac non loin de P'tit à P'tit. C'est mon moment, ma soupape. Café devant moi, je joue une grille de loto, cochant les cases en rêvant à tout ce qui changerait si nous touchions le gros lot. Un appartement plus grand, un billet pour les pays chauds… Je ne compte même plus depuis combien de temps je ne suis pas partie en vacances, c'est dire à quel point notre vie est sans surprise. J'ai à peine de quoi nous offrir le train pour aller voir mes parents. Mais rien n'interdit de rêver, n'est-ce pas ? Stylo en main, j'imagine des combinaisons compliquées pour tabler sur les chiffres gagnants. Si je pouvais déjà gagner de quoi changer le joint de culasse de la voiture, ce serait pas mal.

— Comment va votre fils ? demande la serveuse tout en m'apportant ma noisette.

Je viens parfois ici avec César, j'aime bien partager un café-grenadine avec lui, sortir un peu de notre routine, ou en tout cas en créer une autre que celle dédiée aux soins et aux tâches quotidiennes, et il est chaque fois fasciné par le bruit du percolateur. En entendant la serveuse demander de ses nouvelles, je réalise que je n'ai pas sacrifié à ce rituel depuis longtemps, trop occupée par l'association.

— Il va bien, merci.

Je ne m'étends pas, ce n'est pas le genre de la maison et ça me suffit de savoir que quelqu'un s'intéresse à lui, quelqu'un que rien n'oblige. César est connu des habitués ici, mais comme je ne m'attarde ni ne fraie beaucoup avec les clients, ils n'en ont pas fait leur mascotte, Dieu soit loué. C'est le risque, parfois : quand les gens ne savent pas comment réagir avec un enfant handicapé, ils en font des caisses. La serveuse hoche sobrement la tête et reprend sa tâche : astiquer des verres, notifier le menu du jour sur l'ardoise, remplir les carafes d'eau en prévision du déjeuner, elle virevolte et son activité me rassure.

Toute à mes statistiques, je n'ai pas repéré tout de suite l'homme qui s'installe à l'autre bout du comptoir et me sourit. Ce n'est pas la première fois, il est souvent là, avec sa bande de copains. Il a l'air d'un boute-en-train et je dois dire qu'il a quelque chose de séduisant malgré ses rondeurs de bon vivant. Mais moi je les aime grands et athlétiques, comme Éric. Voilà presque quatre ans que nous avons divorcé et je n'ai pas de temps à accorder à la bagatelle, pas plus que je n'en ai envie. Notre histoire s'est terminée dans la douleur et j'ai mis du temps à m'en remettre. Damien, Éric... Pour l'instant, les hommes, je m'en méfie plus qu'autre chose. Je réponds poliment, sans rien d'engageant, néanmoins rougissante. Je me demande quelle attitude adopter quand mon téléphone sonne. « Sauvée », ai-je le temps de penser. Je décroche tout en jetant l'appoint sur le comptoir.

En sortant du tabac, mon regard croise à nouveau celui de mon don Juan. Mais au bout du fil, le ton paniqué d'Ellen me fait vite passer à autre chose. Elle semble tellement affolée qu'elle s'exprime en anglais, avec un accent irlandais à couper au couteau.

— Attends, calme-toi, lui dis-je tout en rejoignant la structure.

Mais mon amie bute sur les mots. Je crois saisir que son fils est exclu du collège. Elle me parle d'hôpital psychiatrique, du père de Tom.

— Ellen, calme-toi. Tu peux passer me voir ? Je suis de permanence à la structure, mon dernier rendez-vous est à 16 heures, viens après.

Le mercredi, c'est Ben qui s'occupe de César une partie de l'après-midi. Il le récupère à l'association après le lycée pour l'emmener déjeuner à la maison tandis que j'y reste pour travailler. J'essaie de me dégager progressivement de la gestion de P'tit à P'tit, de passer le relais à d'autres parents, mais en tant que présidente et fondatrice je demeure investie. Et puis j'aime ça ; le sentiment que le handicap fédère plus qu'il ne divise, ça me plaît – si je pouvais convaincre *aussi* le père de César, ce serait pas mal...

Ben est déjà là, je le devine en entendant César rire : lui seul est capable de l'amuser ainsi. En l'occurrence, il lui raconte une histoire tout en ponctuant ses phrases d'attaques de chatouilles. Là encore, il n'y a que lui qui puisse toucher son frère sans crier gare, les chatouilles sont comme un rituel entre eux. Il le chatouille et l'autre en redemande. C'est simple mais très efficace, et avec César ça peut durer des heures.

— Hello mon cœur, ça va ?

Je sens qu'il se laisse embrasser avec réticence.

— Ça va, marmonne-t-il en enfilant son blouson.

Tiens, je ne lui connais pas ce blouson-là, où, quand et avec quoi l'a-t-il acheté ? Je le lui demande, mais il répond à côté :

— Si tu pouvais rentrer avant 17 heures ce serait bien.

Je suis un peu estomaquée et je ne le cache pas.

— Pardon, tu peux répéter ?

— C'est que je dois aller chez Alexis finir un truc pour l'école qu'on doit faire à plusieurs...

Je me retiens de répliquer qu'après ma journée j'ai encore les courses à me coltiner, à moins qu'il ne daigne s'en occuper. Je suis debout depuis 7 heures du matin, je m'apprête à recevoir des parents en souffrance ainsi qu'une nouvelle éducatrice pour la structure, puis mon amie qui semble avoir un sérieux problème... Alors franchement, oui, j'aimerais bien rentrer tôt, mais j'apprécierais aussi un peu d'aide, prendre un bain chaud et m'attabler devant un dîner que quelqu'un aurait mitonné spécialement pour moi.

— Il y a quelques courses à faire, si tu...

Son regard noir m'arrête net. Et cette fois-ci, je peux comprendre : aller au supermarché avec César, c'est quitte ou double. En fait, tout est quitte ou double avec César, et tout comme il semble m'échapper, j'ai l'impression que Ben supporte de moins en moins d'être avec son frère en dehors de la maison ou de l'association. J'essaie de chasser l'inquiétude que je sens monter en moi ces derniers temps chaque fois que je pense à tout cela – ma paupière, à nouveau, palpite – et souris bravement.

— OK, je m'en occuperai. Mais 17 heures ce n'est pas possible, tu n'as qu'à demander à Alexis de venir.

Il s'en va en râlant, mais la main de son petit frère dans la sienne suffit à combler mon cœur de mère...

Dans le petit bureau où je tiens permanence deux après-midi par semaine – officiellement, car en réalité j'y passe bien plus de temps –, je me prépare mentalement à faire face au flot de détresse qui va défiler. Je reçois des mères et des pères qui, comme moi, se sont heurtés à l'indifférence, à l'ignorance, voire au mépris de la société – médecin, Éducation nationale et parfois même famille ou amis –, et qui espèrent trouver en l'association un relais et un moyen de faire évoluer leur enfant. Je recueille les témoignages, les craintes, les espoirs, les larmes très souvent. Là c'est un couple qui m'explique que leur fils de deux ans ne parle plus, qu'il reste des heures allongé sur le sol de la cuisine ; ici une mère, en pleurs, me raconte que son médecin lui a conseillé d'interner sa fille et de l'oublier ; là encore c'est un autre couple venu d'un village à plus de cent kilomètres qui me confie être surendetté mais prêt à déménager et à se serrer encore la ceinture pour que leur enfant intègre la structure. À tous, j'essaie d'insuffler de l'optimisme, et tous ressortent du bureau plus ou moins vaillants. Je garde en tête ma propre détresse lorsqu'un psychologue, de sa voix mielleuse, entre paternalisme malsain et accusation certaine, m'avait balancé :

— La mère réfrigérateur, vous connaissez ?

Je connaissais, bien sûr, depuis le temps que je faisais des recherches. Mais face à ce terme faisant référence à une théorie d'un autre siècle qui impute l'autisme au manque de chaleur affective de la mère, je ne m'étais pas laissé faire. S'il y a une chose dont je ne doute pas, c'est que j'aime mon fils et que *je ne peux pas* lui avoir fait de mal. « Tu n'es pas coupable, tu n'es pas coupable », me suis-je répété à de multiples reprises. Ça a fini par entrer. Mais combien de femmes sont mises à terre par des institutions qui continuent de soutenir ce genre de théorie ? C'est pour elles aussi que je me bats.

En voyant débarquer Ellen quelques heures plus tard, je suis loin d'imaginer jusqu'où ce combat va me mener.

— Ils le renvoient !

Échevelée et essoufflée, mon amie s'affale sur la chaise en face de moi sans prendre la peine d'enlever manteau et gants. Elle tape du poing sur la table, me faisant sursauter et tomber un gobelet de café vide – le énième de la journée. Je ne comprends pas immédiatement, elle répète :

— Le collège renvoie Tom !

— Hein ? Mais pourquoi ?

Je ne suis pas naïve, je devine bien que le handicap de Tom est en cause. Mais il est scolarisé depuis des années et tout s'est toujours bien passé. Il est intégré, il a des amis et il maintient le niveau en classe.

— Le nouveau directeur l'avait dans le nez depuis la rentrée, il a pris le premier prétexte qu'il a trouvé, ça ne vaut même pas la peine d'en parler. *Asshole !*

Elle enlève sa chapka d'un geste rageur. Elle aurait le directeur en face d'elle, il serait certainement déjà K-O.

— Tu vas faire quoi ?

— Déjà, expliquer la situation à Tom et essayer de tempérer un maximum auprès de lui. Puis j'ai ma petite idée. Mais je ne suis pas sûre qu'elle te plaira…

Ellen est dingue. Dingue mais brave ! S'enchaîner aux grilles du lycée, voilà ce à quoi elle songe. J'ai bien pensé à la dissuader mais... on ne dissuade pas une mère en colère. Et je dois dire que je ne suis pas peu fière de compter ce genre de femme parmi mes amies. Reste que je crains la réaction de son ex-mari. Comme le mien, il n'a pas su assurer auprès de son fils, mais lui, ça ne l'empêche pas de continuer à accabler Ellen et de remettre en cause tout ce qu'elle fait pour Tom. Éric, au moins, me laisse juge de ce qui est bon pour César. Il ne s'investit pas mais il ne critique pas non plus.

Ce matin, il l'a récupéré pour quelques heures. Il le prend ainsi de temps en temps. Non pas qu'il y tienne particulièrement – pas plus que César d'ailleurs –, mais j'insiste chaque fois. Notre fils est encore petit et je ne sais pas ce qu'il perçoit de son père, mais viendra un âge où la fuite de ce dernier sera un frein à son développement. Comment bien grandir quand on sait que votre père ne vous accepte pas ? Pire : qu'il a honte de vous ! Comment être un homme bien quand on a pour modèle un homme qui n'assume pas, qui ne pense qu'à lui ou à ce qu'on peut dire de lui ? Alors coûte que coûte, je maintiens le lien avec Éric.

C'est lui qui avait choisi le prénom. César, un nom d'empereur pour un petit être illustre qui arrivait comme une victoire. Ça m'allait, moi je voulais un prénom qui lui donne de la force, pour n'avoir plus qu'à lui apprendre à aimer et à être bon. Pour l'un comme pour l'autre, quelle ironie ! Quand on veut un enfant, on se projette, quand on devient parent, on s'adapte. Éric n'a pas su s'adapter, le fossé était trop grand entre ses projections et la réalité. Au souvenir de tout ce qui a pu nous séparer, la colère pointe. Je me secoue, vais dans la cuisine me faire un café, radio allumée sur les infos.

Je sais qu'ils ne font rien quand ils sont ensemble. Je le sais, César me l'a dit à sa façon. Des tours en voiture. Au mieux il l'emmène chez lui pour l'installer devant des dessins animés mais c'est rare. Jamais d'endroits publics : encore une fois, Éric a honte, et surtout, il ne saurait pas gérer une crise. En général, il le balade donc deux heures dans sa voiture de sport et le ramène. César n'est pas mécontent, il aime bien regarder le paysage défiler, mais on ne peut pas dire que ça le stimule. Il ne parle pas, ne joue pas et voit son père dans un bout de rétroviseur… Mais c'est mieux que rien. Je me dis que tant qu'il y a ce lien, Éric peut encore changer.

Bref, ce matin j'ai quartier libre, au moins deux heures devant moi. Ce n'est pas dans mes habitudes, c'est peu dire que ça me déstabilise. Je devrais en profiter pour trier un peu ma paperasse mais pour une fois, j'aimerais essayer de remettre au lendemain. Devant mon bureau, je lisse les feuilles du plat de la main. Le dossier pour la demande d'assistant de vie scolaire de César. S'il est scolarisé l'année prochaine, cela ne pourra pas se faire sans. Douze pages de multiples rubriques à remplir, un paquet de pièces à fournir. Le prochain qui me dit qu'il a l'impression de devoir se déculotter pour louer un appartement ou prendre un crédit, je l'entarte. Ce n'est rien comparé à tout ce que l'on doit justifier pour obtenir un AVS, sans certitude d'y arriver. Ce n'est pas seulement que c'est long et fastidieux, c'est aussi que ça fait appel à des questionnements essentiels et qui remuent. Rubrique « Projet de vie » par exemple. Plus exactement : « Expression des attentes et besoins de la personne concernée ». Ils ont prévu vingt-quatre lignes sur la feuille A4. Vingt-quatre lignes pour résumer presque sept ans de galère et l'espoir de toute une vie en devenir. Projet de vie ? Tout simplement que mon fils puisse vivre en société, comme tout le monde. Que d'autres que moi lui apprennent les codes du « vivre ensemble » car le jour où je ne serai plus là...

Je referme le dossier. Et si je faisais un footing ? J'ai terriblement envie de sentir le vent sur mon visage, et, surtout, de penser à autre chose qu'à l'AVS ou à la façon dont Éric se comporte avec César et dont notre mariage a pris l'eau. Le mois dernier, alors que j'attendais Ben au lycée, j'ai surpris une autre mère qui parlait de moi.

— Je ne sais pas comment elle fait mais ils se sont tous barrés. Sa vie n'est pas drôle quand même.

« Tous », ce sont les pères de mes enfants. Je l'ai compris à la façon dont elle a changé de conversation et à son air contrit quand elle m'a vue… Moi qui pensais être une héroïne pour mon entourage, qui croyais que dans mon quartier, à la structure et même plus loin, on louait mon courage, mon sens de l'organisation hors du commun et ma ténacité face à toutes les tempêtes de la vie, que j'étais un modèle de femme accomplie, émancipée, qu'en secret toutes celles que je croisais rêvaient d'avoir ma force et qu'elles parlaient de moi avec admiration… Eh bien c'est raté, mon ego en a pris un coup : je suis comme les autres, et même un peu moins bien puisque ma vie amoureuse est une ruine.

Je me sermonne. « Ah non ma fille, ne t'embarque pas là-dedans ! » J'enfile rapidement un vieux legging encore chargé des bonnes intentions de l'année dernière et jette un coup d'œil dans la glace. Ça va, le stress me garde au moins la ligne. « Tu vois ! Tu peux encore séduire ! » Séduire, oui, mais construire une histoire ? Avec deux enfants de deux pères différents… Pire : un enfant handicapé qui risque de dépendre de moi toute sa vie et qui pèse sur la société… J'attache rageusement mes cheveux, lace mes baskets. « Voilà où partent nos impôts, ma pauvre dame, et heureusement que tout le monde ne fait pas des enfants comme ça ! » Vous pensez que j'exagère ? À demi-mot, je l'ai pourtant déjà entendu. Ce jour-là je n'ai pas réagi, je ne m'y attendais tellement pas que je suis restée interdite. Tiens, c'est un mot qui me résume bien, ça : « interdite ». Maintenant il faut que je m'« autorise ». « Autorise », je trouve que ça me va mieux.

J'enfile un léger K-way, bois un dernier verre d'eau et claque la porte, casque sur les oreilles. Je suis stoppée dans mon élan par une voisine qui m'arrête dans l'escalier d'un signe de la main, guillerette :

— Je trouve que César a fait beaucoup de progrès ces derniers temps.

Elle veut me faire plaisir, je sais bien, mais encore heureux qu'il fasse des progrès... s'il n'en faisait pas, ce serait quoi ? une plante ? Je la remercie en me forçant à sourire et démarre en petites foulées, bien nerveuse quand même. Le problème de César, ce n'est pas qu'il ne fasse pas de progrès, mais la vitesse à laquelle il les fait : deux fois moins vite que les autres. C'est simple, il a presque sept ans et il parle comme un enfant de trois ans. Cette voisine n'y est pour rien mais sa gentillesse me pèse, me ramène aux difficultés de mon fils. J'arrive le long du torrent qui court derrière la résidence, en bordure de forêt. Il semble gronder plus que d'habitude, l'eau fait de gros bouillons, se heurte aux pierres, emporte tout sur son passage. « Raccord avec mon humeur », me dis-je. J'accélère, j'ai envie de sentir mon corps aller au bout de ses limites, quitte à me faire mal. J'ai envie de me sentir vivante, physiquement vivante. Mes jambes peinent et l'air frais me brûle les poumons, ça me va.

Dans sa chambre ce matin, César range les choses qui l'entourent selon un ordre qui n'appartient qu'à lui. C'est une recherche de pureté de la ligne, d'angles droits, de points de fuite où l'à-peu-près n'est pas toléré. Mon fils est un artiste des objets du quotidien. En vérité, c'est une façon plus acceptable pour lui d'aborder son environnement : l'ordonnancement des objets crée un cadre rassurant et protecteur qui apaise ses angoisses.

Qu'y a-t-il dans ta tête, mon fils ? Qu'y a-t-il dans ta tête que je ne peux pas connaître ? Comment nous perçois-tu depuis ton poste d'observation ? À quoi ressemble ce monde que tu reçois d'un bloc ? Je sais que tu ne hiérarchises pas tes émotions, que ton cerveau ne fait pas la différence entre hier et il y a trois ans, que les sons de la ville t'arrivent dans une cacophonie épouvantable. Puisque tu ne peux guérir et que je ne peux te rejoindre dans ton monde, je vais t'attirer au maximum dans le mien, mais jusqu'à quel point pourras-tu le tolérer ?

Je m'approche pour me mettre à sa hauteur. C'est la base si je veux capter son attention : m'agenouiller et le regarder dans les yeux, même si lui ne me regarde pas toujours en retour. De la même manière, je sais que tout contact physique demande un minimum de préambule pour éviter qu'il se sente agressé, même si certains comme Ben ont des passe-droits. J'ai tendance à penser que je devrais moi aussi en bénéficier, je me dis qu'être sa mère est un préambule en soi, mais il lui est arrivé de répondre par des coups à une attaque de bisous.

— Tu t'attendais à quoi aussi ? Déjà, moi, ça m'emmerde, alors lui... m'avait lancé mon fils aîné.

Précieux Ben, qui, dans sa désinvolture adolescente, sait quand il le veut si bien désamorcer les conflits.

Se faire violenter par son fils est une souffrance, mais pire encore est celle de le voir se faire du mal. Combien de fois l'ai-je trouvé en train de se frapper la tête contre le mur, le sol, les barreaux de son lit, une table en criant ou *a contrario* en silence, le visage impassible, et c'était bien ça le plus effrayant. Jusqu'à ses cinq ans, César ne parlait presque pas. Plus exactement, il ne parlait plus. Très tôt, il avait prononcé quelques mots – « un surdoué », me disais-je – et puis plus rien, la parole s'est enfuie. Le seul moyen d'expression qu'il avait trouvé était cette violence, évoquée avec tant de maladresse par Léa l'autre soir. Avec le recul, je me demande encore comment nous avons survécu à cette période. Deux ans d'enfer entre le diagnostic et la création de la structure qui a ouvert la voie à une amélioration. J'ose espérer que si ma soi-disant amie avait la moindre idée de ce que nous avons enduré, elle n'en aurait pas parlé de manière si déplacée.

Aujourd'hui, César a peu d'accès de violence envers lui-même mais le langage reste compliqué. Son esprit est sans cesse bousculé par des pensées parasites qui s'imposent et désordonnent son attention. Les émotions, particulièrement, sont difficiles à exprimer, voire inexprimables. Pour cela, il a parfois encore recours à sa botte secrète : des représentations d'émoticônes que j'ai fait plastifier et qu'il a toujours avec lui dans une petite pochette. Avec moi, cela fonctionne mais j'ai bien conscience des limites du système en société. Je m'agenouille, l'interpelle doucement tandis qu'il range sa dînette avec soin.

— César ?

Il ne me regarde pas mais lance :

— École César et maman ?

Je sursaute, agréablement surprise qu'il se souvienne du défi qui nous attend aujourd'hui. En effet c'est un grand jour, une grande première : nous avons rendez-vous avec le directeur de l'une des écoles primaires publiques de la ville. Elle en compte quatre, « ce qui nous laisse quatre chances », me dis-je en espérant que ce sera carton plein. Nous sommes début mars, j'ai quatre mois devant moi pour trouver. Mais j'ai confiance : en deux ans, mon fils a fait d'énormes progrès. Même si le chemin est long, il y a une foule de petites choses qui me prouvent que ça avance et que je suis sur la bonne voie.

— Oui, on y va, lui déclaré-je avec toute la conviction et la détermination dont je suis capable.

Dans l'habitacle silencieux de la voiture, j'essaie de chasser mon appréhension, de faire le vide, de calmer mon cœur qui bat à cent à l'heure et de R-E-S-P-I-R-E-R, comme ils disent au cours de yoga – auquel je n'ai pas pu assister depuis… Pfff, je ne compte même plus. Je lance un coup d'œil au rétroviseur. « Ouais… Je n'ai pas bonne mine, quand même. » J'aperçois César sur le siège arrière, l'air inquiet. Cette seule vision suffit à me redonner courage et à me rappeler que je n'ai pas le droit de flancher.

Sa petite main dans la mienne, nous pénétrons dans la cour aux allures d'un cliché de Doisneau. Je me crispe légèrement : la récréation n'est pas terminée et ça braille à tout-va. Comment va réagir César ? « Si toi tu vas bien, il ira bien », me dis-je. J'essaie de me détendre mais par prudence, je bats en retraite dans le préau, beaucoup plus calme. Soudain, juste au-dessus de nos têtes, la sonnerie retentit, stridente. À fleur de peau, je pousse moi-même un petit cri et sans réfléchir, lâche la main de César pour plaquer les miennes sur ses oreilles. C'est ainsi que le directeur nous trouve, moi les mains enveloppant la tête de mon fils, ce dernier en train de chantonner – Dieu merci moins fort que d'habitude.

Nous nous installons dans son bureau. J'aurais préféré qu'il nous reçoive en classe, que César puisse voir à quoi ça ressemble et trouve une occupation. Heureusement j'ai prévu le coup et apporté un Rubik's Cube. J'avais pensé à la tablette, ça marche bien la tablette, ça peut tout à fait être un outil éducatif – et puis franchement, que le parent qui n'a jamais occupé son enfant avec un écran me jette la première pierre. J'y avais pensé mais je me suis dit que ça faisait mauvais genre. Le Rubik's Cube, en revanche, ça en jette, et avec un peu de chance, le directeur le prendra pour un surdoué, comme c'est le cas chez certains Asperger. César n'a pas vraiment compris le principe mais comme c'est plein de couleurs, ça lui plaît, c'est l'essentiel. Le directeur attaque sans détour :

— Madame, vous comprenez bien nos réserves, il faut...

« Pas de préambule, alors ? » me dis-je. Si c'est comme ça... Je réplique, d'un ton peu amène :

— Ah bon, vous émettez déjà des réserves alors que vous n'avez pas rencontré César ?

— C'est que... sur le papier...

— Eh bien justement, il ne s'agit pas d'un papier mais d'un petit garçon.

— Mais enfin, vous conviendrez que ce n'est pas si évident...

— Si vous voulez parler papiers, parlons-en : la MDPH nous a orientés vers une inclusion en milieu scolaire. Selon leurs spécialistes, César est apte à aller à l'école.

Il observe mon fils d'un œil circonspect – visiblement, le Rubik's Cube n'a aucun effet sur ce type. Il faut dire que César n'y arrive pas des masses. Dans les yeux de l'homme, je vois passer peur, curiosité, mépris voire dégoût. Je reprends, désireuse de ne pas laisser son regard s'attarder sur mon fils :

— Mais éclairez-moi sur un point : l'école est bien obligatoire, non ?

Il toussote, gêné.

— Oui mais...

— Et elle a bien vocation à, je cite, « accueillir tous les enfants, quels que soient leurs besoins » ?

Mon ton est monté d'un cran et j'ai peur que César ne le sente et s'agite. Mais non, il ne semble pas nous entendre et pour une fois, ça me va. Il a délaissé son jouet pour réorganiser le bureau du directeur : photo de famille, stylo, règle, coupe-papier, paquet de Nicorette, gobelet de café (tiens, il ne m'en a pas proposé) : il replace tout au cordeau. Il en est à faire un petit tas bien droit avec la pile de courrier quand l'homme lui retire les enveloppes d'un geste vif, agacé. Je dois lui reconnaître qu'il a eu de l'instinct car César aurait pu en faire des confettis, mais c'est la manière qui me dérange. Il lui dit sèchement :

— Laisse cela.

— S'il te plaît.

Il me dévisage sans comprendre tandis que César répète à ma suite :

— S'il te plaît, s'il te plaît, s'il te plaît...

Le regard éberlué du directeur passe de moi à mon fils. Je décide de porter l'estocade :

— On ne vous apprend pas à être poli dans cette école ?

Sur ce je me lève, soudain lassée. Il n'y a rien à attendre de ce crétin. Je quitte son bureau sans même lui dire au revoir tandis que, ironie du sort, César lance :

— Bonne journée !

Dans la voiture, la colère fait monter les larmes. La pression retombe mais je suis incapable de démarrer. Le dégoût et le sentiment d'injustice me submergent. « Je ne vais pas me laisser faire, me dis-je en frappant du poing sur le volant, ah, ça, non ! » C'est l'école de mon secteur, ils ne peuvent pas refuser César. Je vais en référer à la mairie, prendre un avocat, invoquer la Convention de l'ONU...

Mais je réalise ce que je savais déjà sans l'avoir formulé : je ne veux pas seulement que mon fils aille à l'école, je veux aussi qu'il y soit bien accueilli, que le personnel d'établissement soit motivé et même heureux de le voir. Je veux qu'il soit aimé, entouré. Et pas seulement par moi, son frère ou les gens de l'association. Alors non, je ne prendrai pas d'avocat, je vais retrousser mes manches et chercher une autre école. Je pense à Ellen, à son fils Tom, si bien intégré, entouré justement, mais qui, à la faveur d'un changement de directeur d'établissement, va être renvoyé. La colère, de nouveau, me gagne.

— Putain, putain, putain.

À l'arrière, César répète :

— Putain, putain, putain, putain.

J'enchaîne, plus fort encore :

— Putain.

Il reprend :

— Putain, putain, putain.

Les sanglots se muent en rire et nous nous astreignons à cette petite séance de jurons pendant une bonne minute. Je tends le bras pour caresser sa joue tandis que j'essuie mes larmes de l'autre main. Le silence retombe.

— Tu es parfait, mon César. Ne l'oublie jamais : c'est nous qui sommes inadaptés, pas toi.

— César est parfait. Un bonbon ?

Je ris franchement.

— Allez, on va faire les courses. Et tu choisis tous les bonbons que tu veux.

A posteriori, bien sûr que l'on peut dire que je n'aurais pas dû aller faire les courses à ce moment-là. Je le sais pourtant que César est une éponge émotionnelle, qu'il ne faut pas se fier à son regard perdu. S'il n'a jamais vraiment l'air d'être là, il est bien présent aux énergies et ressent toutes les émotions qui circulent, même les plus subtiles. Et il est particulièrement sensible aux émotions anxiogènes, aux désaccords, reproches, tensions ou simplement préoccupations qui peuvent m'agiter. Il les cristallise et les restitue de manière, disons... très personnelle. Pour remédier à cela, j'ai mis en place une série de stratagèmes qui peuvent paraître loufoques mais qui sont autant de paratonnerres. La séance de jurons dans la voiture, en sortant de l'école, en était une... qui n'a pas fonctionné.

Au début, tout semble aller pour le mieux dans le meilleur des mondes. César me suit sans rien dire, et moi, pas contrariante, je le laisse mettre un maximum de produits orange – c'est sa couleur du moment – dans le caddie, sur le siège duquel je l'ai calé. On a des réserves de riz Uncle

Ben's pour cinq vies mais ce n'est pas grave. Tout content, il accumule les paquets en fredonnant *Résiste* de France Gall. Sur quelle fréquence est-il branché, mystère...

Et puis il commence à s'agiter. Devant le rayon pâtes, il insiste pour descendre. Je sais que je devrais céder, il n'est pas bien sur ce siège devenu trop petit... Mais alors les courses vont me prendre le double de temps ! Je fais comme si de rien n'était, il s'agite encore plus et commence à pousser des cris.

— OK César, mais tu restes avec moi.

Je l'aide à s'extirper du siège et ce qui devait arriver... Il s'élance dans les rayons, se précipite sur les présentoirs, attrape ce qui lui tombe sous la main et fait valdinguer le tout. Lorsque j'essaie de l'arrêter, il m'oppose une colère furieuse, me frappant avec une boîte de riz qui déverse son contenu par terre, se jetant au sol et hurlant de rage. Je ne peux plus rien faire, il est parti trop loin dans sa crise. Je suis toujours impressionnée par l'énergie qu'il est capable de déployer dans ces moments-là. J'entends son désarroi, l'injustice de ce corps qui ne répond pas bien, ce cerveau vulnérable. Il me livre d'un bloc toute sa souffrance, celle de ne pas être comme les autres. Car je sais qu'il n'est pas dupe. Il vit sa solitude au milieu de la foule, et moi, sa mère, je n'ai aucun moyen de le sauver.

Quelques curieux nous lancent des regards désapprobateurs. L'enfant roi, le mal élevé, et cette mère dépassée qui laisse faire : je connais la musique mais ces bouches pincées et ces mines sévères sont toujours blessantes. Un couple tente tout de même de se faufiler dans le rayon. En se contorsionnant, César heurte la jeune femme, passée un peu trop près. Instantanément, elle bondit, esquisse un geste menaçant à l'encontre du petit, mais surtout, elle hurle et son compagnon se joint à elle.

— Vous ne pouvez pas tenir votre gosse ?

Après le mépris ouvertement affiché par le directeur de l'école une heure plus tôt, celui de ces inconnus est de trop. J'éprouve une soudaine envie de me battre, me surprends presque à espérer qu'ils s'en prennent physiquement à moi ou à César pour pouvoir me jeter sur eux, leur donner des coups de pied, des coups de poing, en prendre aussi, beaucoup même, pour avoir mal d'autre chose que de l'injustice faite à mon fils. Mais bien sûr, je vais au plus simple :

— Oui, je suis une mauvaise mère et j'élève très mal mes enfants. Je vous prie de m'excuser. Ça vous va ?

— Non, mais qu'est-ce que vous croyez !

— Je me suis excusée, qu'est-ce que vous voulez de plus ?

Je plante là mon caddie et ces deux imbéciles, attrape César comme je peux et le traîne à ma suite.

— Comment peut-on laisser un enfant se comporter ainsi ? Quel manque de respect !

Je les entends encore s'épancher dans mon dos. Très bien, ça leur fera la semaine. Derrière moi, César se débat en poussant des hurlements mais je ne cède pas, je continue à le tirer fermement par la main sous le regard des clients médusés. Je ne suis plus à un scandale près.

Sur le parking, quand je referme enfin la portière, il donne de grands coups de pied dans les sièges. Je ne peux que le regarder, témoin d'une violence qui me dépasse. Ce n'est qu'en me décidant à lever le camp que je remarque que les deux imbéciles sont là, ils m'ont suivie. Je suis garée sur une place handicapés et déjà ils menacent d'appeler la Ddass. Cette fois-ci c'en est trop. Je bondis sur la plage avant et m'empare du petit rectangle plastifié que j'ai placé derrière le pare-brise, fonce vers eux et hurle comme je ne l'ai jamais fait :

— Mon fils est handicapé, alors maintenant faut arrêter de nous faire chier ! C'est compris ? Foutez-moi la paix !

Alors qu'ils détalent sans demander leur reste, je brandis encore la carte de César, tremblant de colère, la paupière plus palpitante que jamais. Je la retourne, contemple sa petite tête d'ange en photo au milieu de ce justificatif à la signification terrifiante. Je me dis que c'est bien pratique pour stationner mais merci César, ce n'était pas la peine de te donner autant de mal, j'aurais préféré tourner encore un peu pour trouver une place.

C'est à cran et les mains vides que nous rentrons à la maison.

— Bah, et les courses ? s'étonne Ben.

Je ne réponds pas et ma mine sombre le dissuade d'insister.

— T'inquiète, il reste des lardons au frigo et des spaghettis. Pâtes carbonara, ça te dit ? lance-t-il avec entrain.

Désarçonnée, je sens que ma mauvaise humeur retombe.

— Tu fais à manger ? Qu'est-ce qui t'arrive ?

— J'ai cru entendre des prières en ce sens ces derniers jours, dis-toi que Dieu t'a entendue.

— Ah, eh bien pendant que je te tiens, Dieu, est-ce que tu as prévu de ranger ta chambre ? Parce que, là, je ne suis pas étonnée qu'il y ait autant de confusion sur terre.

— En vérité, Dieu vous le dit, il a beaucoup mieux que ça. Une petite série pleine d'humour et d'insolence que sa maman va adorer.

— Alors tant pis pour le désordre sur terre. Si Dieu préfère regarder une série avec sa mère…

En voyant mon aîné s'activer aux fourneaux et le petit, épuisé par sa crise, gribouiller tranquillement sur son tableau noir, je songe que la journée se terminera bien mieux qu'elle a commencé. Je me détends enfin quand mon portable sonne. Au bout du fil, la police.

Les flics m'ont demandé si je pouvais passer au poste le lendemain matin, avec Ben.

— Rien de particulier, madame, juste quelques questions au sujet d'une affaire dans le quartier…

Autant dire qu'il n'a plus été question de pâtes carbonara, de série ni de pop-corn sur le canapé. Ben a haussé les épaules, l'air de dire « j'en sais rien », mais je voyais bien à son regard qu'il craignait quelque chose. Il est allé s'enfermer dans sa chambre et je n'ai pas insisté, suffisamment épuisée par ma journée. Et puis ça ne pouvait pas être très grave, n'est-ce pas ?

— Madame, votre fils est impliqué dans un trafic de drogue.

Uppercut à l'estomac. Seule face à deux policiers – à peine arrivés, ils nous ont séparés –, je reste interdite avant de bredouiller un pauvre : « Quoi ? » Pas possible, il y a erreur, forcément il y a erreur. Pas lui, pas mon enfant, il n'a pas le profil ! J'ai encore en tête ses rires, la joie tout enfantine avec laquelle il nous taquine, son frère et moi. Mais aussitôt me reviennent aussi ses retours tardifs à la maison, son blouson neuf, la nouvelle console vidéo, cette casquette qu'il était si content d'offrir à César... J'étouffe un sanglot – sans doute plus de colère que d'abattement : quelle aveugle j'ai été.

— Ça fait un moment qu'on lui tourne autour. On a suffisamment d'éléments pour le présenter devant le juge.

Comme je demeure pétrifiée, l'autre flic – celui qui a endossé le rôle du méchant, semble-t-il – ajoute :

— On aurait tout à fait pu faire une perquisition à votre domicile.

Je les regarde tour à tour, cette fois-ci affolée, et je jette, tout à trac :

— Vous ne pouvez pas faire ça, son frère est handicapé.

J'ai sorti cette phrase par réflexe, par protection. Comme si le fait que César soit handicapé pouvait nous protéger – des dérapages de son frère ou de la loi, je ne sais pas. En tout cas, ça n'a pas empêché Ben de déraper, et je me sens honteuse de ce que je viens de dire, ce n'est pas mon genre. Me servir de César comme excuse, c'est comme lui manquer de respect.

— Écoutez, madame, dans beaucoup de cas les parents savent ce qui se passe et ferment les yeux parce que ça les arrange. Alors me brandir le handicap du petit frère pour me dissuader de retourner votre appartement, c'est pas vraiment une bonne idée.

— Je...

— Par contre, c'est la première fois que je vois votre fils. Il n'est pas fiché chez nous, il est encore mineur et il n'a pas le profil d'un voyou, ce serait dommage qu'il démarre dans la vie avec un casier judiciaire...

— Oui, je le pense aussi, dis-je précipitamment.

— Alors voilà ce que je vais faire : je lui laisse une chance d'arrêter ses trafics. Je ne ferme pas les yeux, bien au contraire, je vais les garder grands ouverts. Si je ne le vois plus dans mon radar, je ne préviens pas le juge. S'il accumule les mauvais points, je transmets à ma hiérarchie.

— Je vous promets qu'il va se tenir à carreau.

Ils l'ont gardé encore quelques heures pour qu'il sente bien dans quel pétrin il s'était mis et lui ôter l'envie de s'y enfoncer encore davantage. Ce n'est certainement pas la prise du siècle, sinon ils ne l'auraient pas laissé repartir, et la perquisition, ils l'auraient faite sans sommation. Mais quel que soit le niveau du trafic, je tombe de haut. Né dans un autre quartier, avec d'autres origines, il l'aurait payé cher.

Sur le chemin du retour, je ne décroche pas un mot. Ma colère et ma déception sont immenses. J'ai envie d'exploser mais ça ne servirait à rien. Hurler n'est pas la solution, et le gifler encore moins. Ce n'est pourtant pas l'envie qui m'en manque. Je prends la pleine mesure de la situation : il n'est peut-être pas un voyou mais il n'est plus le petit garçon qui collectionnait les cartes Pokémon. Je lui jette un coup d'œil en coin. Son grand corps dégingandé, ses cheveux longs qui lui tombent sur les yeux, l'ombre d'une petite moustache...

Dans le fond, il n'est pas le seul à blâmer, j'ai mon rôle aussi là-dedans. Qu'est-ce que j'ai loupé ? Est-ce qu'à force de tout donner pour sauver le petit j'ai sacrifié le grand ?

Une fois garée devant la maison, je me force à le regarder droit dans les yeux.

— Tu sais ce que c'est une perquisition à 6 heures du matin ? La porte cassée, les tiroirs renversés, les armoires vidées sur le sol et nous trois assis sur le canapé du salon avec des menottes dans le dos ? T'as envie de faire vivre ça à ton frère ?

Il se retourne et me fixe avec un air de défi.

— Tu sais quoi ? J'en ai rien à foutre de mon frère, et vous me faites chier tous les deux. Il n'y en a que pour lui de toute façon.

La gifle fuse. On se dévisage, l'un et l'autre incrédules. C'est la première fois que je le frappe. Sur sa joue, sa joue d'enfant encore, une zébrure blanche gonfle déjà. La marque de mes doigts. J'ai envie de lui demander pardon mais les mots ne viennent pas. Je me donne raison : et puis quoi encore, on sort tout juste du commissariat !

La portière claque. Encore une fois, j'ai tout faux.

C'est en pilotage automatique que je vais récupérer César à l'association. Je suis sonnée, triste, déçue. Une boule d'angoisse me pèse sur l'estomac. Je sais qu'il va falloir m'expliquer avec Ben, à coups de « Je suis là, je suis ta mère, tu peux me parler », mais j'ai peur de ce que je pourrais encore apprendre. J'ai le sentiment que je ne vais pas y arriver. Suis-je capable d'élever ces deux enfants toute seule ? Un adolescent en pleine crise et un enfant handicapé ?

Sur le trajet du retour, je dois encore m'arrêter à la Poste, récupérer un colis pour la structure. Je suis fatiguée de ce rythme infernal. Quand pourrai-je souffler enfin ? Je fais la queue, fébrile, les mains tremblantes. Que fait Ben en ce moment ? Et s'il avait fichu le camp ? Qu'est-ce que c'est long ! Encore cinq personnes devant moi, ça n'en finira jamais. Je remettrais volontiers à demain mais le colis contient une nouvelle méthode éducative que l'on attend depuis longtemps et que le livreur ne nous a pas apportée. Il ne s'est même pas donné la peine de sonner à la porte. « Personne à l'adresse indiquée », a-t-il noté sur l'avis de passage.

Personne ? Ben voyons, ça va plus vite. Et on doit encore perdre une heure pour rien… C'est moi ou il fait chaud ? Je m'évente avec le bordereau. César a délaissé la borne libre-service qui l'accaparait. Je l'attrape par la main : « Reste là, s'il te plaît. » Je prie pour qu'il ne démarre pas une crise comme la veille au supermarché. Je ne me sens pas la force de gérer un nouvel épisode violent.

Soudain, j'ai envie de vomir. Un picotement parcourt mes mains, mes pieds puis tout mon corps. Je ne sens plus mes bras, mes jambes sont faibles. Ma vue se trouble et je perds l'équilibre. J'essaie de m'accrocher à quelque chose mais il me semble que je glisse. On me parle, mais je ne comprends rien. On s'approche mais je ne vois rien, rien que du flou. J'ai terriblement froid, pourtant mon dos est couvert de sueur, mon chemisier colle à ma peau.

Je viens de perdre la main de César. Le sol se rapproche. Je suis par terre, le carrelage glacé me fait du bien. Je crois que j'ai cogné quelque chose. Pendant quelques secondes, je me sens mieux ainsi. Puis je pense à César. Il ne faut pas, je n'ai pas le droit. Il est hors de question qu'il me voie comme ça. Des gens accourent. Laissez-moi tranquille. Je n'ai pas besoin d'aide, laissez-moi. C'est juste un petit coup de mou, ça ne va pas durer. « Relève-toi, me dis-je. Relève-toi et cherche ton fils. Relève-toi ! » Je ne le trouve pas, je panique. Des bras se précipitent, me prennent, me soulèvent. Mon corps ne répond plus. Tout en moi s'effondre. Où est César ? Je n'arrive même plus à parler. J'ai peur qu'il ne me voie comme ça.

Au loin, j'entends une sirène de pompiers.

Je reprends connaissance dans ce qui semble être un camion de pompiers, toutes sirènes hurlantes. Allongée sur un brancard, deux gars au-dessus de moi. Je veux me lever mais je n'y parviens pas, je me sens dans le brouillard. Pourtant les pompiers doivent percevoir mon agitation car ils me maintiennent un peu plus fermement. Un liquide chaud me coule le long de la joue jusque dans le cou. Je tâte et constate que mes doigts sont pleins de sang. La panique monte, par petits sanglots incontrôlables qui obstruent ma trachée, agitent mon torse de soubresauts. Je gémis, un long gémissement lancinant qui s'épanouit en un hurlement. Où est César ?

— Calmez-vous, madame, ce n'est rien, une légère entaille.

Je joue des coudes pour me dégager de leur poigne, donne des coups de pied, de genou, frappe du poing contre le brancard, me débats. Une rage que je ne me soupçonnais pas gronde en moi et jaillit en des cris sauvages.

— Calmez-vous, calmez-vous. Votre fils va bien, il nous suit avec une collègue.

Mais je ne contrôle plus rien. Mon corps convulse. Ils finissent par me faire une piqûre.

Ma première pensée, lorsque je me réveille à l'hôpital, est pour César. Où est-il ? Avec qui ? Un instant, bref mais puissant, j'ai peur qu'on ne me l'ait enlevé. Mais qu'est-ce qui m'a pris ? Je n'ai pas le droit de faillir. Que se passera-t-il si je ne suis plus là ? Son père… Son père n'assurera pas un kopeck. Alors ce sera l'Assistance publique, l'hôpital psychiatrique et plus tard, la rue…

Le rythme de mon cœur accélère, je me fais tout un film et commence à m'agiter dans mon lit. Je suis sur le point d'arracher la perfusion que j'ai au bras – mais pourquoi diable une perfusion ? – pour me lever et partir à la recherche de mon fils lorsque je vois sa petite tête apparaître par l'entrebâillement de la porte de la chambre, le pourtour des lèvres barbouillé de chocolat. Je respire. Ben arrive derrière lui, l'air un peu inquiet, suivi de… Éric !

— Je ne m'attarde pas, hein, les médecins m'ont dit que ça allait mieux. Je te laisse les gamins.

Je lève un sourcil, incrédule. J'espère qu'il ne va pas me sortir sa phrase rituelle, celle qu'il me balançait chaque fois lorsque j'ai commencé à consulter des spécialistes pour César et qu'il refusait de m'accompagner.

— Tu sais, moi, les hôpitaux et les prisons…

Et si, il l'a dit. Comme si, nous autres, on en raffolait, des hôpitaux et des prisons.

— C'est moi qui l'ai appelé, dit Ben. On a passé la nuit chez lui.

La nuit ? Mais combien de temps s'est-il écoulé depuis la Poste ?

— Tu as dormi vingt-quatre heures.

— Ils m'ont certainement shootée.

J'ai du mal à parler, la bouche pleine de crampes, le corps fourbu. Et cette douleur à la tête. Je porte la main à mon crâne, retiens une grimace.

— Tu t'es fait mal en tombant, poursuit Ben. Mais rien de grave, ils ont mis des agrafes.

Un silence suit, lourd de la gêne provoquée par ma léthargie et la présence inhabituelle d'Éric. Celui-ci se tient à distance respectueuse de mon lit tandis que Ben a posé une demi-fesse au bout du matelas. César, lui, s'est installé par terre, à l'un des angles de la pièce. Aucun, pour différentes raisons, ne sait comment réagir face à mon aveu de faiblesse – car c'est bien de ça qu'il s'agit. Et quand la mère flanche…

— Les pompiers ont trouvé mon numéro dans ton téléphone, reprend Ben. C'est celui que tu appelles le plus fréquemment apparemment. C'est pas génial concernant c'que ça dit de ta vie amoureuse…

Sa tentative pour faire de l'humour tombe à plat. Je suis encore trop dans les vapes pour apprécier.

— Bref. J'ai appelé Éric.

— Merci, dis-je en regardant brièvement mon ex.

Comme s'il attendait mon feu vert, celui-ci s'anime enfin.

— Oui, bon. Il a bien fait mais je ne peux pas m'occuper d'eux plus longtemps, j'ai du boulot.

J'ai téléphoné à tes amis de la structure, Fred et… Machine, là.

— Eva.

— Oui, c'est ça, Fred et Eva. Ils vont venir les chercher pour ce soir.

Il s'agite, ne tient pas en place. J'ai peut-être l'esprit embrumé mais sa gêne et sa hâte évidente à s'en aller me rappellent à quel point j'ai bien fait de le quitter à l'époque. Pas courageux pour un sou.

— Bon, j'y vais alors.

Qu'il s'en aille, oui, j'ai besoin de calme et sa nervosité est contagieuse. Une fois qu'il est parti, Ben m'embrasse :

— Tu nous as fait peur quand même.

Il l'a lâché du bout des lèvres.

— J'imagine. Moi aussi j'ai eu peur.

— L'infirmière arrive, elle te dira. Si j'ai bien compris, ils parlent d'épuisement. Une sorte de burn-out mais sans le travail, quoi. Faut dire que César et moi sommes pires que le pire des patrons…

Je hoche la tête sans rien dire, observant César toujours assis par terre. Il est occupé à mettre de la pâte à modeler en miettes. Je n'ose pas imaginer le choc que la scène a dû être pour lui. J'aimerais lui en parler, j'aimerais que *lui* m'en parle. Mais je n'ai pas la force d'aller le chercher dans le monde où il vit replié, pas maintenant. J'ai envie, j'ai *besoin*, que ce soit *lui* qui vienne. Que, comme tout petit garçon normalement constitué, il se jette sur mon lit et me fasse un câlin. J'ai besoin de son empathie. Ben remarque les larmes qui affleurent. Il se rapproche précipitamment et me prend la main.

— Il va bien, ne t'inquiète pas.

J'ai un faible sourire, serre sa main dans la mienne et la porte à mes lèvres.

— Maman ?

— Hum ?

— Je suis désolé d'avoir déconné… Le shit, tout ça… C'est fini, je t'assure.

Je songe à la première fois qu'il a fait sourire César, à sa joie face à l'expression du petit, sa fierté.

— Il m'a capté, il m'a capté ! s'était-il écrié en faisant des bonds. T'as vu ? Il m'a capté !

Au jour où César lui a offert un gribouillis dans lequel il a vu son portrait – « Eh, mais c'est moi ça ! Bravo frérot ! » Le dessin est toujours punaisé au-dessus de son lit. À l'année où il a fait un exposé sur l'autisme, à son application, au sérieux qu'il a mis dans ce travail. Au jour où il a emmené César à la piscine et où il a passé des heures à se laisser pousser dans l'eau, couler, malmener… À la fois, aussi, où il est rentré avec un œil au beurre noir parce qu'une bande se moquait de son frère dans le bus et que, comme ils devenaient mauvais, il n'avait pas hésité à se battre pour défendre César. Qu'est-ce que ça fait d'avoir un frère autiste, qu'est-ce que ça provoque d'être le grand frère d'un enfant différent ?

— Tu n'es pas le seul responsable, je sais à quel point tout cela est dur pour toi aussi.

Après un silence, Ben répond :

— Tu peux compter sur moi, tu sais.

— Je sais.

— Je veux dire… César peut compter sur moi, quoi qu'il arrive.

Je dois me retenir de ne pas éclater en sanglots. S'il y a bien une chose que j'ai réussie, c'est cette fratrie.

Le blues menace de tourner en déprime sévère quand le crépuscule tombe et que je me retrouve seule dans la chambre. Malgré toutes mes supplications, ils me gardent pour une nuit supplémentaire.

— Surmenage, madame, vous savez ce que c'est ?

— Oui : un mot à la mode, un truc pour faire vendre des magazines de développement personnel.

L'infirmière fait les gros yeux, moi mon *mea culpa* :

— OK, c'est vrai que je suis épuisée.

Que pouvais-je dire d'autre ? Force est de reconnaître que mon corps m'a lâchée et qu'après une série de tests et d'analyses rien d'autre que l'épuisement ne peut l'expliquer. Évidemment, tout me menait à cela. Depuis le diagnostic du handicap de César, je ne me suis jamais plainte, pas une seule fois. Dans ce trop-plein de faire que, peut-être, je n'ai orchestré que pour mieux masquer mes peurs, j'ai même trouvé un certain plaisir sacrificiel. Mais je prends conscience que je ne pourrai pas aider davantage César si je continue ainsi. Tomber au champ de bataille ne servirait à rien. Être heureuse, en revanche, ça se transmet et ça fait du bien. Est-ce que j'en suis encore capable ? J'ai souvent le sentiment qu'il y a des gens doués pour ça et que je n'en fais pas partie, qu'il faut un certain talent pour reconnaître ce qui est bon pour soi et savoir se détacher des choses qui encombrent. J'aimerais tellement avoir ce talent. Est-ce qu'on l'attrape à la naissance comme on a l'oreille musicale ? Ou est-ce qu'on peut l'apprendre ?

Le lendemain, je me sens un peu revenue à moi-même. Je sors de ma chambre avec l'envie de ce café infect que seuls les stations-service et les hôpitaux savent offrir. Un bon café machine. Perdue dans mes pensées, vêtue de la chemise de nuit de l'hôpital, j'attends que le gobelet tombe, que le liquide coule et que le « bip » m'indique que je peux prendre ma boisson. Soudain, une voix masculine venue de derrière mon dos me fait sursauter :

— Bonjour, vous allez bien ?

J'en lâche mon café brûlant qui se répand en une grande mare. Se confondant en excuses, l'homme se précipite au sol comme s'il pouvait encore rattraper le liquide et le remettre dans le gobelet. C'est alors que je reconnais mon rondouillard, celui qui me fait les yeux doux au tabac le mercredi.

— Excusez-moi, je ne voulais pas vous faire peur.

Il se relève et je constate à quel point il est imposant. Entre ses deux grosses mains, une petite boîte en carton semble toute fragile.

— Ce sont des gâteaux, je peux vous en offrir un pour me faire pardonner ?

Je reste interdite pendant quelques secondes qui doivent lui paraître une éternité car il se balance d'un pied sur l'autre, comme pour cacher sa gêne.

— Ils sont bons, vous savez. C'est moi qui les fais.

Silence. J'entretiens le malaise, soudain amusée et intriguée.

— Je suis pâtissier. Ma belle-sœur vient d'accoucher, je lui rends visite. Allez-y, goûtez. Vous verrez, je suis très bon dans mon domaine.

Il sourit, cette fois-ci sûr de lui, et moi, je reçois un petit coup au cœur : son sourire emporte tout sur son passage. Ses yeux plissés trahissent une sensibilité, une gourmandise des choses simples et une vitalité enfantine qui me provoquent des papillons dans le ventre. Je ne me sens pas du tout à mon avantage tout à coup. Mais je me ressaisis :

— Vous pouvez déjà commencer par m'offrir un autre café.

— Et si je vous proposais plutôt un café de l'autre côté de la rue ?

— En robe de chambre ?

Il rougit.

— OK... Et si je vous proposais d'aller chercher deux cafés de l'autre côté de la rue que nous partagerions autour d'un excellent gâteau ?

— C'est bon, je vous attends.

Il s'exécute et je cours jusqu'à ma chambre – enfin, j'essaie de courir car je suis au ralenti avec ces satanés médicaments. Je dois ressembler à une marmotte qui sort de son trou après l'hiver. Je me change et je tente d'ordonner la touffe de crin qui me sert de cheveux. Ce n'est pas parce que ce mec n'est pas mon genre que je n'ai pas envie d'être agréable à regarder !

Je le retrouve quelques minutes plus tard sur un banc dans le parc de l'hôpital et c'est très librement et facilement qu'il me parle de lui, de la passion pour la pâtisserie qui l'anime depuis qu'il est tout petit, de la boutique-atelier qu'il a ouverte deux ans auparavant et dans laquelle il donne aussi des cours, de ses amis qu'il a nombreux et très proches. Cette simplicité me fait du bien. Je ne le connais pas mais je me sens en terrain familier sur ce banc, là, à l'écouter.

— Et vous ? me demande-t-il.

Mais je botte en touche et le relance sur ce qu'il aime faire. Je n'ai pas envie de me raconter. Je trouve mon quotidien triste et dénué de passion. J'ai envie de couleurs et c'est exactement ce qu'il me donne en me racontant sa vie.

C'est avec un sourire de prépubère scotché au visage – il m'a demandé mon 06, comme dirait Ben – que je remonte dans ma chambre. L'interne de garde qui entre pour signer le bulletin de sortie ne manque pas de le souligner :

— C'est de nous quitter qui vous rend si heureuse ? Hier on frôlait le désastre et aujourd'hui on flirte avec l'euphorie. Vous n'êtes pas banale, vous savez.

— Disons qu'on ne soigne pas les problèmes de cœur uniquement en cardiologie.

— À la cafétéria aussi ? C'est ça que vous voulez dire ?

— Je vois que les nouvelles vont vite.

— Vous n'étiez pas dans votre chambre, je me suis inquiété.

Deux hommes qui s'inquiètent de mon sort dans la même journée et qui font naître un sourire sur mon visage… Merci la vie, je n'en demandais pas plus.

C'est Éric qui vient me chercher à l'hôpital. Il est tout sourire en ouvrant la porte de la chambre. Je le regarde, élégant dans son jean slim. Mais désormais, ça ne me fait ni chaud ni froid. Je mesure à quel point je me sens loin de lui. À quel point, aussi, il n'est pas le père que j'attendais pour mes enfants.

Et lui ? A-t-il jamais vraiment souhaité fonder une famille ? Il le voulait certainement un peu puisqu'il m'a épousée, moi qui avais déjà un fils. Mais il lui fallait une famille sans contraintes, en tout cas pas de celles qui accompagnent un enfant comme César. Ça n'allait déjà pas fort entre nous mais les disputes, les cris et les ressentiments se sont intensifiés à mesure que notre fils s'enfonçait. Évidemment, on s'est rejeté la faute l'un l'autre, on n'a pas échappé à ce genre de mesquinerie – le mot est faible, « ignominie » conviendrait mieux. Moi qui étais la cible des psys que je voyais seule avec César, Éric étant incapable de nous accompagner – sans que cela, au passage, interpelle aucun de ces messieurs –, moi qui m'en prenais plein la figure au cours de ces rendez-vous, j'ai cédé à la tentation de blâmer Éric.

— Si ça venait de moi, Ben aussi serait handicapé, lui ai-je un jour balancé à la figure.

J'avais envie de lui faire mal. Je l'ai vu se décomposer. J'avais visé juste, mis des mots sur sa peur de mâle dominant : et si sa précieuse semence n'était pas saine ? Car c'est ça qui le blessait, bien plus que le handicap de son fils.

De mon côté, j'ai enchaîné les nuits sans sommeil, à me questionner. Tout y passait : mes aïeux, les médicaments ingérés depuis ma naissance, les vaccins – ceux qu'on m'avait faits et ceux administrés à César tandis qu'il était encore un nourrisson « normal » –, mes habitudes alimentaires... Tout. Je me serais même maudite d'avoir ne serait-ce que respiré durant la grossesse – qui sait quelle saleté j'avais pu inhaler ! Ces nuits-là, à mes côtés, Éric ronflait paisiblement... Quand il était là, bien sûr, quand il n'était pas en train de nous éviter. Jusqu'à ce que finalement je décide de tout arrêter et de partir – même ça, il n'a pas été capable de le faire, même là j'ai dû prendre l'initiative.

Dans sa voiture de sport, je colle mon visage à la vitre pour me remplir du paysage qui défile. Je n'ai pas envie de parler, juste de contempler cette ville dans laquelle je vis, en simple spectatrice. Les gens s'affairent dans la rue, se précipitent en tous sens, obnubilés par leur quotidien. Toutes ces vies qui se frôlent. Peut-être aurais-je pu jouer un rôle dans leur histoire ou eux l'auraient-ils pu dans la mienne si j'avais fait d'autres choix, pris à droite plutôt qu'à gauche, mais plus certainement ne les recroiserai-je jamais. C'est ce jamais qui me rend mélancolique. Je me renfonce un peu plus dans le siège de la voiture. Le cuir craque, son odeur m'incommode. Je voudrais qu'il pleuve et que ce soit l'automne. Être triste au printemps, c'est comme avoir un rhume au mois d'août, c'est inconvenant.

Éric émet un raclement de gorge, il n'a jamais aimé le silence. Il enclenche un CD qui me fait tiquer quand j'entends les premières notes : George Michael !

— Tu permets, dis-je. J'aimerais vérifier quelque chose.

Sans attendre son accord, j'ouvre la boîte à gants et fouille dans sa collection de CD. Sans surprise, je découvre un album d'Alicia Keys et un autre de France Gall. C'est donc là que mon César va chercher sa playlist ! Qu'est-ce que ça signifie ? Est-ce pour lui une manière de dire à Éric qu'il compte ? Qu'il l'aime et qu'il lui manque ?

Alors que nous passons devant l'église Saint-Joseph, j'ai un brusque sursaut.

— C'est bon, tu peux me laisser là. J'ai besoin d'être un peu seule.

— Tu es sûre ?

— Oui, j'en ai besoin.

— OK, mais ce serait bien qu'on se fasse un petit restau un soir, pour prendre le temps de se parler, de se dire ce qu'on ne s'est jamais dit, non ?

Je vois où il veut en venir, son air inquiet me touche. Je souris et dans un élan spontané je le serre dans mes bras. L'étreinte est maladroite, la faute au frein à main et à ce mélange complexe de rancune, lâcheté, colère, amour et orgueil blessé qui demeure entre nous. On se sépare, un peu gênés, et, une main sur la portière, l'autre sur mon sac, je lui lance ce que j'aurais dû lui dire depuis longtemps :

— Tu sais, Éric, j'ai toujours pensé que tu étais un mec bien. C'est pour ça que je t'ai aimé, parce que tu vaux beaucoup plus que ce que tu laisses croire aux autres. C'est dur ce qui nous est arrivé, ça fait mal et c'est injuste, mais César, lui, il se bat tous les jours pour exister, pour prendre une place qu'on lui refusera de toute façon. Tous les jours il mesure que c'est plus dur pour lui que pour les autres, alors parfois il refuse le combat et disparaît dans son monde mystérieux. Tu ne pourras pas le rendre normal, ni moi ni personne. Mais il y a une chose que tu peux lui donner et qui l'aidera à passer toutes ces épreuves : ce sont tes encouragements. Rien de plus. N'aie pas peur d'être son père.

Il reste sans voix, ce n'est pas du tout le genre de réponse qu'il attendait. Mais moi je n'ai plus de temps à perdre et je considère qu'on s'est déjà tout dit, ou plutôt c'était la dernière chose que j'avais à lui dire. Maintenant j'attends des actes, j'en ai besoin, vraiment besoin. Et pas seulement moi, César aussi ; César surtout. Lui en vouloir ne sert à rien, les choses sont ainsi.

Il y a très longtemps que je ne suis pas entrée dans un lieu sacré. À mon adolescence, mes parents se sont séparés et m'ont mise en pensionnat, pensant m'éloigner de leurs problèmes. En vérité, ils m'ont éloignée de mes amies et de tout ce que j'aimais. Je me sentais tellement seule que je me suis mise à lire une Bible qui traînait dans ma chambre, moi qui n'étais pas catholique – l'institut, lui, l'était. L'histoire du Christ n'a pas trouvé tellement d'intérêt à mes yeux, en revanche, sa parole m'a vite passionnée. Il y avait toujours un mot ou une phrase pour me réconforter, me donner de la force. Aussi ancien soit-il, ce texte me touchait. Je lisais toujours quelques pages avant de m'endormir, c'était devenu un rendez-vous quotidien, que j'attendais même avec impatience. La religion, c'est quelque chose de beau en vérité ; comme toujours, le problème, c'est les vendeurs. Je m'étais donc fait ma philosophie à moi à partir de la version originale, de la matière brute sur laquelle tout reposait : « Au commencement étaient les mots »… Tout ça pour dire que je m'étais mise à fréquenter les églises.

Je trouvais ça calme, apaisant, et j'aimais bien la prière, ce petit moment de retour sur soi – car en parlant à un autre, je me parlais à moi-même… Là, j'ai une envie subite de le retrouver, ce petit moment.

La fraîcheur du lieu me saisit lorsque j'entre, tout comme l'odeur d'encens mêlée à celle de la cire qui se consume. Je ne me signe pas, ne trempe pas mes doigts dans l'eau bénite, ne fais pas de génuflexion. Mais je me surprends à adresser un hochement de tête en direction du chœur dominé par le Christ en croix. Je passe ma main au-dessus des multiples cierges qui tendent leurs prières aux cieux – ça me chauffe agréablement la paume, mais peut-être est-ce sacrilège ? – puis glisse une pièce de deux euros dans l'urne pour pouvoir ajouter ma bougie aux autres. Recueillie sur un banc à l'assise dure et qui craque, je contemple un instant les rayons du soleil jouer dans les couleurs des vitraux – rouge rubis, bleu paon, vert profond. Une bonne sœur trottine jusqu'à la sacristie, une vieille femme entre dans le confessionnal, deux touristes un poil trop court-vêtus pour le lieu arpentent le bas-côté. Je ferme les yeux.

Je Lui dis tout ce qui m'est arrivé depuis la dernière fois qu'on s'est parlé. Autant dire pas mal de choses. Je Lui raconte César, ma détresse, ma culpabilité, ma solitude. Cette solitude que j'ai peut-être inconsciemment provoquée en laissant Éric s'éloigner alors qu'il était encore temps de se battre pour l'empêcher de fuir. J'ai toujours avancé sans me poser de questions, nourrie de la force que César me donnait. À l'annonce de son diagnostic, j'ai brandi mon étendard et j'ai avancé fièrement sur le champ de bataille, peut-être parce que c'était pour moi le seul moyen d'accepter l'inacceptable. Alors j'ai fait front seule pour gagner du temps, de l'autonomie, de la normalité. J'ai engagé toute mon énergie à combattre un ennemi insaisissable et confondant. Mais aujourd'hui, j'ai besoin d'aide, j'ai besoin de m'apaiser.

Avril. Je me remets doucement. « Pensez un peu à vous », m'ont-ils rabâché à l'hôpital. Plus facile à dire qu'à faire, mais j'ai pris acte et procédé à quelques changements. Oh, rien de révolutionnaire, on ne peut pas dire que notre vie a été bouleversée – mon fils n'a pas miraculeusement guéri, son père n'est pas revenu m'épauler –, mais quelques petites modifications me permettent d'avoir plus de temps pour moi.

Je ne travaille plus que deux matinées par semaine, tant pis si nous devons nous serrer la ceinture. Et je me suis dégagée des responsabilités de la structure, bien plus naturellement que je ne le craignais. Malgré mon petit budget, j'ai trouvé une étudiante en orthophonie pour garder César le jeudi soir, et j'en profite pour aller à un cours de danse, à la piscine, au cinéma, n'importe quoi susceptible de me déconnecter et de me mettre en contact avec des gens qui se moquent de l'autisme comme de l'an quarante. Socialement, je tourne en vase clos depuis trop d'années. Aux gens que je croise au cours de ces nouvelles sorties, je ne raconte rien de ma vie ou bien j'arrange un peu la vérité. Éric, lui, n'est pas réapparu depuis l'hôpital, malgré ce que je lui ai dit. Bien qu'il demeure un peu éloigné dans le paysage, j'ai confiance, je sais que les choses bougeront un jour.

Et puis je ne peux m'empêcher de penser de temps en temps à Mathieu, « mon » pâtissier, à ce moment passé sur le banc du jardin de l'hôpital, à ces papillons dans le ventre qu'il a suscités chez moi et que je n'avais plus ressentis depuis des lustres. Il ne m'a pas rappelée mais grâce à lui je sens que quelque chose a changé, je peux encore séduire et être séduite. Là aussi, la confiance revient, et avec elle la possibilité du plaisir.

Mais le plus gros du morceau, je le sais bien, c'est ma relation avec César. Avec lui aussi il faut que les choses changent, que je réinjecte justement un peu de plaisir dans nos rapports. Un matin, forte de mes nouvelles résolutions, je l'embarque, direction la piscine.

Il a absolument tenu à mettre bonnet de bain et lunettes dès la porte de la maison franchie et c'est en fanfare qu'il débarque dans l'établissement.

— Voilà la cavalerie, s'amuse l'agent d'accueil.

Ils nous connaissent et César est plutôt apprécié. J'en suis heureuse, comme chaque fois que je constate qu'un inconnu nourrit de l'affection pour mon fils, tout en en tirant un peu d'angoisse : pour l'heure, sa différence peut apparaître décalée, drôle, attendrissante même parfois – colère, cris et violence mis à part –, mais qu'en sera-t-il une fois adulte ? Je me secoue, « pas de pensées négatives aujourd'hui, tu te l'es promis ».

À peine ai-je mis César en maillot de bain qu'il m'échappe pour se jeter à l'eau. Il n'a jamais voulu porter de bouée ni de brassards. La première fois qu'il a connu le grand bain, il ne savait pas nager mais cela ne l'a pas empêché de sauter sans réfléchir. Bien sûr il a coulé direct. J'ai sauté à mon tour pour le rattraper. En le remontant à la surface, je m'attendais à ce qu'il soit choqué, mais pas du tout : il a replongé illico. Depuis, il a pris des leçons mais continue à nager sous l'eau. Et il adore ça.

Avec la mer, c'est pire, il ne peut pas se contenir. Une fois, en plein hiver, on admirait le spectacle des vagues, mais César ne l'a pas du tout entendu ainsi. Il ne pouvait pas concevoir d'être à la mer sans se baigner, cette frustration était pour lui impossible à gérer. Pris de convulsions, il s'est roulé par terre en hurlant et jetant du sable. Bref, comme souvent, je n'arrivais pas à le calmer et, désarmée face à autant de détresse, j'ai cédé. Malgré le froid, il s'est déshabillé pour foncer vers les vagues. Il y avait du monde qui se promenait sur la plage et soudain est apparu ce petit garçon en slip qui courait de toutes ses forces. J'ai retenu mon souffle en essayant de lui faire confiance – mais j'ai tout de même retroussé mon pantalon. Allait-il vraiment se baigner ? Comment ferais-je pour le rattraper si une vague l'emportait ? Il a ralenti, donnant de grands coups dans l'eau qui lui arrivait à hauteur des cuisses. Je me suis approchée. Elle était glacée.

Était-il insensible au froid ? Il a continué comme ça au moins dix bonnes minutes. Évidemment, c'était l'attraction du jour, il ne manquait plus qu'un représentant de la Ddass passe par là pour un constat d'irresponsabilité maternelle et de maltraitance aggravée... Heureusement, il a fini par capituler. J'ai enclenché une opération essuyage, rhabillage, réchauffement ultra rapide et nous avons couru nous réfugier dans la voiture, à l'abri des regards inquisiteurs. Il avait fait son expérience.

Pour l'heure, dans la piscine, César pousse de grands cris de joie. Il nage dans tous les sens, sans respecter les couloirs. J'essaie de le rattraper, essuyant reproches et injures des nageurs interrompus dans leurs longueurs. « Merci César pour ce *training communication* non violente en milieu aquatique, j'apprécie l'originalité de l'idée... », me dis-je en parvenant enfin à le ramener dans l'espace du bassin où nous pouvons nous ébattre à cœur joie. J'en profite pour le serrer un peu plus dans mes bras.

J'aime aussi la piscine pour ça : César ne refuse pas le contact, au contraire il le cherche. L'eau le transfigure complètement, le désinhibe. Il s'agrippe à mon cou en lançant de joyeux « hi ha ! », me coule, se colle sur mon dos tandis que je fais tant bien que mal des longueurs. De mon côté, j'ai fait de ces moments un moyen de lui apprendre à ne plus craindre le contact physique, une porte d'entrée pour cultiver l'affection. Il en va ainsi pour beaucoup de choses, je suis sur le qui-vive, rien n'est gratuit, tout a vocation à le faire évoluer… « Stop, finis-je par me raisonner une fois encore. Pas aujourd'hui. »

J'essaie d'investir complètement son éclat de rire. *Ici et maintenant.*

Sur le chemin du retour, je lui propose une glace à déguster en traversant le parc Paul-Éluard. Tandis que nous nous dirigeons à toute vitesse vers un banc libre avant que quelqu'un s'y asseye, je manque de rentrer en collision avec un joggeur. Quelle n'est pas ma surprise quand je reconnais Mathieu, couvert de sueur. Je ne peux ignorer les petits papillons qui immédiatement viennent me chatouiller le ventre. Décidément, je suis une vraie adolescente. Mais je n'ai pas le temps de chercher à masquer ma gêne : il trébuche et tombe dans un massif de glaïeuls fraîchement planté. Le pauvre se relève avec difficulté, le souffle court, le visage rouge d'effort et les yeux exorbités qui crient à l'aide. Je lui tends une main bien intentionnée mais tout à fait inefficace.

— Décidément ! On est faits pour se rentrer dedans...

Mon ton badin le fait rougir un peu plus encore.

— Laura... je...

Il essaie désespérément d'articuler une phrase ou ne serait-ce qu'un mot.

— Quel mal avez-vous donc fait pour vous infliger cette punition ?

— Non, mais... C'est parce que...

Ce n'est pas le moment de faire de l'humour, je le laisse tenter de retrouver un peu de dignité. La tête baissée, les mains sur les hanches, il reprend son souffle avec force grimaces. Trois pas dans un sens et trois pas dans un autre. De mon côté, je me sens soudainement plus légère, exactement comme le jour de notre rencontre à l'hôpital. Cet homme a semble-t-il le don de réveiller ce qu'il y a de plus joueur et gai en moi. Cela me fait du bien. Enfin, il se lance :

— J'ai décidé de me remettre au sport. Je n'en ai pas fait depuis un moment mais...

— Sans blague !

— Ne vous moquez pas, je faisais du basket à haut niveau, vous savez.

— Disons alors qu'on est à égalité : moi en robe de chambre à l'hôpital et vous en jogging trop serré aujourd'hui.

— Oui, je sais que j'ai l'air d'un gigot ficelle mais je n'avais rien d'autre sous la main.

— C'est pour ça que vous ne m'avez pas rappelée ? Vous attendiez de ressembler à Brad Pitt ?

Il y a un petit moment de flottement mais il sourit. Cette décontraction me plaît. Si loin d'Éric et de ce quant-à-soi dans lequel il est en permanence engoncé. À nos pieds, César fait couler des graviers entre ses mains, ses petits doigts encore tout fripés de la piscine et maculés de la glace qu'il a engloutie.

— Ça me fait très plaisir de vous voir, dit-il.
— Moi aussi, ça me fait très plaisir.

Et je constate que c'est vrai, je constate à quel point j'avais attendu qu'il m'appelle. À nouveau, ces petits papillons…

— Ça vous dirait qu'on aille dîner un de ces soirs ?

Mon cœur s'emballe, je ne m'attendais pas à ça. « Reste naturelle, ma fille », me dis-je.

— Oui, maintenant qu'on s'est vus en situation peu avantageuse, on peut peut-être tenter autre chose ?

— Jeudi soir vous êtes libre ?

À ma grande surprise, je m'entends répondre :

— Oui.

— Alors jeudi, 20 heures, chez Enzo. Vous verrez, ça paie pas de mine mais c'est savoureux.

Je me retiens de répliquer : « Un peu comme vous ? » et me contente de : « 20 h 30 » – quand même, je ne vais pas me laisser cueillir comme ça ! On se sourit bêtement quand César lève la tête vers Mathieu et déclare :

— C'est interdit.

Je pique un fard. Sérieusement ? Mon fils est en train de s'opposer à un rencard ? Mais l'intéressé ne se laisse pas démonter et, un sourire sincèrement intrigué aux lèvres, il demande :

— Quoi donc ?

Il s'est accroupi pour être à sa hauteur. Au diable la bedaine qui déborde de son jogging, *il s'est accroupi pour être à la hauteur de César !*

— D'être dans l'herbe, c'est interdit.

— Oh !

Mathieu regarde autour de lui. Il se trouve sur une étroite parcelle d'herbe pelée et jaunie par la chaleur, entre l'allée et les grilles du parc. Rien qui ne soit interdit, donc. Je pourrais me lancer dans des explications. Dire que César est autiste et que pour lui, tout brin d'herbe est territoire défendu depuis qu'il a vu un panneau indiquant « Pelouse interdite ». Je pourrais. Mais je sens que ce n'est pas utile : sans poser plus de questions, Mathieu se déplace sur les graviers, puis reprend :

— Jeudi 20 h 30, alors ? Je vous envoie l'adresse par SMS.

Je hoche la tête, espérant ne pas afficher un sourire trop béat. Il repart d'un petit trot alerte. Je le trouve émouvant dans son corps trop grand. Je le trouve... beau ! Il semblerait que je fasse moi aussi un chemin vers un peu plus d'indulgence, pas seulement en tant que mère mais aussi comme femme. C'est facile de faire la leçon aux autres mais moi, combien d'idées reçues et superficielles ai-je entretenues en amour ? Les pères de mes garçons étaient plutôt du genre « papier glacé » et voilà qu'un pâtissier bedonnant me rend toute chose...

C'est jour de fête à l'association. Nous avons reçu une première partie du chèque promis par l'État il y a quelques mois et nous nous sommes tous réunis pour célébrer ça.

Ellen est là, les traits tirés mais présente et souriante malgré la période difficile qu'elle traverse. Elle est allée au bout de son idée, elle s'est enchaînée aux grilles du lycée. Mais après ce coup d'éclat, la garde de son fils lui a été retirée. Le père a accablé son ex-femme, réclamé son fils à cor et à cri pour ensuite… le placer en hôpital psychiatrique ! Autant dire qu'il s'en est débarrassé.

— Tu parles d'une justice, enrage-t-elle tout en sifflant son verre de pétillant d'un trait. Je n'en reviens pas que le juge ait fait ça.

Je suis d'accord avec elle mais j'ai encore en tête la violence des images de mon amie enchaînée aux grilles de l'école qui ont tourné en boucle à la télévision. Je me retiens de lui dire que je l'avais mise en garde contre les médias. Une exposition médiatique, c'est quitte ou double. En l'occurrence, après avoir donné la parole à Ellen, les journalistes sont allés interviewer le père – c'est le jeu, hein, la fameuse objectivité… – et celui-ci a su se montrer convaincant, mettre l'opinion publique dans sa poche. Lui, grand gaillard dont l'air placide cache bien la perversité, face aux images de son ex-femme hors d'elle… Devant le juge aux affaires familiales, ça n'a pas fait un pli. Je ne dis rien, évidemment.

— Tu verrais Tom… Tu ne le reconnaîtrais pas.

Je frissonne en imaginant tout ce que cet enfant peut subir. Ce n'est pas un fantasme, ce n'est pas une légende urbaine. Il y en a eu, des rapports, des témoignages, des enquêtes. Autant de cris d'alerte sur la façon dont les autistes sont traités dans la plupart des services psychiatriques. Pas tous, bien sûr. Mais tout de même suffisamment pour que des parents aient déjà porté plainte contre l'État.

L'année dernière, avec ceux de l'association, nous étions tous allés à Paris pour nous joindre à une manifestation dénonçant les méthodes archaïques qui ont encore cours. Des pratiques qui peuvent s'assimiler à de la maltraitance. Chambre d'isolement, *packing*… Cette méthode, particulièrement, est dans notre ligne de mire. Qui peut supporter l'idée de son enfant enveloppé – le mot est trop tendre, « camisolé » conviendrait mieux – dans des linges humides et froids ? Et qui peut prétendre que ça *soigne* ? Comme si ces gamins n'étaient pas déjà suffisamment entravés.

Je ne dis pas que je connais le remède miracle, et d'ailleurs, il y a quelques mois, nous avons été confrontés à nos limites. La mort dans l'âme, j'ai dû admettre que P'tit à P'tit ne pouvait rien pour l'un des enfants. L'autisme, c'est du cas par cas, ce qui est efficace pour l'un peut ne pas fonctionner pour l'autre. Ce jour-là je n'avais pas la solution. Je ne prétends pas en avoir pour tout le monde mais je pense que l'hôpital en est rarement une. En tout cas, pas en ce qui concerne le fils d'Ellen ni ceux qui ont les reins pour s'investir à cent pour cent auprès de leur progéniture.

Je regarde autour de moi cette petite dizaine de parents venus avec leurs enfants – pas évident de trouver des baby-sitters compétentes ou ne serait-ce que volontaires quand votre enfant est autiste – et qui essaient de les contenir au mieux dans ce brouhaha et cette foule. Heureusement, les petits sont en terrain connu et ont ici leurs habitudes, mais on demeure toujours sur le fil. D'ailleurs, comme en écho à mes pensées, voilà que la petite Margaux s'agite et, sans sommation, se met à hurler en frappant sa mère. Les autres parents font comme si de rien n'était, autant parce qu'ils ont l'habitude que parce que chacun est bien content que ça ne soit pas le sien. Mais bon, il ne faudrait pas que ça dure trop, c'est contagieux ce genre de chose. Quoique en l'occurrence chaque enfant soit dans sa bulle.

C'est aussi cela, la limite de notre structure : plus on tarde à mettre les autistes en contact avec les enfants dits « neurotypiques », moins leurs réactions leur paraîtront incongrues. En bref, les mettre face à leur différence peut être douloureux mais c'est bénéfique.

Je jette un œil inquiet à César qui, indifférent à ce qui se passe – peut-être ne l'entend-il même pas –, est en train de coller consciencieusement des morceaux de pâte à modeler sur les chaises. Et en y regardant bien, je vois que quelques personnes autour en ont déjà sur le pantalon... Et zut ! Je m'approche, attends d'être dans son champ de vision pour lui prendre doucement le poignet – ne jamais le surprendre ni le brusquer – et murmure fermement :

— Non, César, tu peux jouer avec la pâte à modeler mais tu n'en mets pas partout, tu le sais.

Le vert de ses yeux s'assombrit. J'ai peur un instant que ça ne bascule, mais :

— Pas partout.

Et il me tend une boule.

— Merci, mon cœur. Viens, on ne va pas tarder.

César avec moi, je reviens vers Ellen qui embraie :

— Ils le sanglent à son lit, pour « préserver son intégrité physique », disent-ils. Un enfant qui allait à l'école, qui n'a jamais fait preuve de violence en public... *Bullshit !*

Elle pose son verre d'un geste rageur. Combien seraient abattues à sa place ? Mais mon amie n'est pas de cette trempe. Pas le droit ! Je souris : nous sommes bien les mêmes.

— Et bien entendu, ils le gavent de médicaments.

— Je suis désolée, Ellen, je ne sais pas quoi te dire ni comment t'aider...

Elle me regarde soudain d'un drôle d'air.

— Quoi ? J'ai un truc coincé entre les dents ?

— Non, non... Dis-moi, tu fais quoi ce week-end ?

J'ai toujours eu un faible pour les architectures inspirées par Mansart, l'opulence d'une époque symbolisée par la noblesse et la majesté des formes. Cette grande bâtisse qui se dresse devant nous en est l'illustration.

— À l'époque ce bâtiment témoignait d'une réussite sociale. Aujourd'hui, transformé en hôpital psychiatrique, il est le symbole de notre impuissance face aux désordres du cerveau. Quelle évolution… Crois-tu qu'il y ait un lien ? dis-je à Ellen.

— Écoute, j'admire ton érudition et ton humeur philosophe mais on n'est pas là pour ça, me réplique-t-elle gentiment.

De fait, nous sommes là pour Tom, retenu quelque part dans cet hôpital. Il faut avouer que je fais moins la bravache maintenant qu'on y est. Assise sur un banc dans le parc de la bâtisse, j'allume une cigarette pour me donner une contenance. Ellen fait le point :

— Bon, il est 16 heures. À cette heure-ci, il est sûrement dans la salle télé avec les autres. On pourrait presque croire que le programme les intéresse mais ce n'est qu'une impression. Comme ils ont le cerveau noyé par les neuroleptiques, ils restent le regard fixé sur l'image. C'est con parce qu'accessoirement c'est aussi l'heure des visites.

— OK, qu'est-ce qu'on fait ?

— Déjà, tu jettes ta clope, parce qu'elle est à l'envers.

— Quoi ?

— Tu fumes le filtre !

— Ah, zut, j'ai pas l'habitude. J'ai pris quelques accessoires...

— Je vois ça, répond Ellen. Les lunettes noires aussi tu les vires. Par ce temps, soit t'es Catherine Deneuve soit c'est louche.

— Ça se voit que je suis nerveuse ?

— Mais non, à peine... Bon, tu vas quand même rester dehors, c'est plus sûr, et il y a des caméras partout, j'ai pas envie qu'on te reconnaisse. Moi, je retrouve Tom à l'intérieur comme pour une visite normale. Je demande si on peut faire un tour dehors, ils ont l'habitude, ils ne se méfieront pas.

— OK, et ensuite ?

— Eh ben ensuite, on court.

— C'est ça ton plan ?

— Oui, et comme j'ai pas mieux, ça va marcher.

Elle s'éloigne d'un pas décidé et pénètre rapidement dans le bâtiment. J'essaie de respirer profondément pour me calmer mais j'ai peur de l'hyperventilation. Quelques minutes plus tard, elle ressort en gesticulant.

— Il est complètement stone, il n'arrive pas à marcher. Tu vas m'aider à prendre un fauteuil roulant à l'intérieur.

— Et les caméras ?

— Tu vas passer par-derrière, je vais t'ouvrir la porte de secours. C'est à côté des cuisines, tu te mets cette charlotte en papier sur la tête, ils penseront que tu es du personnel.

La voilà repartie à l'intérieur. J'enfile la charlotte, fais le tour comme elle me l'a dit mais quand j'arrive enfin au niveau de la porte de secours, je tombe nez à nez avec un type costaud qui lui aussi en porte une. Il me fixe froidement, en silence, puis me salue et disparaît. Je frissonne, avec le sentiment d'être passée pas loin d'une catastrophe. Soudain, la porte s'ouvre à nouveau et Ellen me fait signe de la rejoindre. Elle pousse un fauteuil roulant dans lequel dodeline une vieille dame.

— Aide-moi à déplacer la vieille, on va prendre son fauteuil.

— Mais on peut pas faire ça !

— Mais si, tu vas voir.

Je la suis jusqu'à la salle télé.

— Mets-toi devant moi pour pas qu'on me voie faire.

J'obtempère et, en deux temps trois mouvements, elle dépose le petit corps frêle de la vieille dame dans un bon gros fauteuil bien moelleux. J'ai repéré Tom, lui aussi dodeline de la tête et cela me brise le cœur tout en me redonnant un coup de fouet : nous n'avons pas le choix, c'est la juste chose à faire. Ellen attrape son fils, le soulève de sa chaise et l'assoit dans le fauteuil. C'est parti, quelques couloirs et nous sommes déjà dehors. Je relâche un peu la tension. Restent encore les marches du perron. Je bénis la rampe handicapés. Mais dans la cour, le fauteuil roule difficilement sur les graviers. La tuile. Ils vont nous repérer, c'est sûr. Qu'à cela ne tienne :

— Retourne-le, dis-je à Ellen.

Et nous le tirons par l'arrière. C'est plus difficile que ça en a l'air mais notre détermination nous donne des ailes. Encore quelques pas et voilà le chemin du parc. Pas le choix, il faut accélérer la cadence, notre petite équipée est trop visible. Ellen se met à courir. Le fauteuil manque de se renverser et j'ai envie de rire comme une gosse. Je n'ose pas me retourner pour voir si nous sommes suivis, j'ai trop peur et en même temps je suis surexcitée. De ma vie, je n'ai jamais rien fait d'illégal, même pas sécher un cours, alors c'est dire. J'aperçois la voiture. Plus que quelques mètres et nous y sommes.

— Les clés, sors les clés.

— Euh, oui, les clés, qu'est-ce que j'en ai fait ? C'est pas vrai, elles étaient dans ma poche !

— Regarde encore.

— Mais non... Ah oui, c'est bon, elles y sont.

J'ouvre rapidement la portière arrière, Ellen allonge Tom sur la banquette et le recouvre tendrement d'une couverture tandis que je cours m'asseoir derrière le volant. À peine s'est-elle installée à côté de moi que je démarre en trombe. Silence dans la voiture. Ça dure quoi ? Une minute ou deux et, une fois la maison de fous disparue de notre rétroviseur, nous laissons exploser toutes les deux un immense cri rempli de bonheur, de vie et de folie. Nous avons réussi, bon sang ! Je n'en reviens pas, Tom est là, dans la voiture, et personne ne nous a vus.

— *Fingers in the nose !* s'exclame Ellen.

Deux points rouges qui crèvent le brouillard et la pluie me précèdent. Je m'accroche aux feux arrière des voitures pour ne pas perdre la route de vue. Cherbourg et le port le plus proche pour un ferry vers l'Irlande sont à quelques centaines de kilomètres. C'est le plan : rallier l'Irlande et la famille d'Ellen. Le père a repris tous les papiers de Tom, mais heureusement, mon amie l'avait mis sur son passeport irlandais, une aubaine.

La route n'est pas si longue mais nous savons que ce n'est qu'une question d'heures avant que la police ne se mette à la recherche de l'adolescent. J'aimerais pouvoir accélérer. L'orage qui nous a surprises à mi-chemin a encore gagné en puissance et à l'euphorie du début a succédé une tension silencieuse. Ce n'est pas dû à la peur – je n'angoisse pas, la force de ce que l'on vient d'accomplir, et je dirais même sa beauté, me portent et me font dire que tout va bien se passer –, mais je dois garder les yeux rivés sur le pare-brise, les sens en alerte.

Soudain, Tom se met à geindre, il sort de sa torpeur et commence à paniquer. Je jette un bref coup d'œil à Ellen. Ça va nous obliger à nous arrêter mais c'est plutôt un soulagement de le voir enfin se réveiller, ils devaient lui avoir donné une sacrée dose ! Je prends la première aire d'autoroute venue. Tandis que sa mère passe à l'arrière pour l'apaiser, j'appelle Fred et Eva qui ont gentiment accepté de garder César le temps du week-end, pour que j'aille « prendre l'air ». C'est une des grandes réussites de l'association : une solidarité à toute épreuve – ça et le fait qu'elle transcende les catégories sociales. Malgré tout, je n'ai pas dit la vérité, évidemment – « Hey ! Je vais kidnapper le fils d'Ellen, vous me gardez César en attendant ? » –, pas sûre qu'ils auraient joué le jeu.

— Tout roule, Laura, me rassure Fred. Il s'est endormi en chantant. Je crois que ça veut dire que tout va bien, non ?

Je souris, effectivement, tout va bien. J'envoie aussi un SMS à Ben, qui passe la nuit chez son copain Arthur. Les parents sont là, la mère m'a assuré qu'elle veillerait au grain.

Le premier ferry pour l'Irlande ne partant que le lendemain matin, nous passons la nuit dans la voiture, à parler comme nous n'avons l'une et l'autre jamais parlé à personne. De nos enfants, bien sûr, mais aussi de nous. Nous osons nous confier nos espoirs déçus, notre deuil de l'enfant idéal mais aussi notre renaissance, cette mue de la femme en mère, puis de la mère rêvée en mère qui fait comme elle peut. Mais avec amour, toujours.

Cherbourg, enfin. Je roule doucement jusqu'au bout du port. Tom est endormi et dehors, le temps est calme, l'orage de la veille est passé. Nous sortons pour respirer le matin frais. Les premiers rayons du soleil commencent à percer. J'accueille cette image comme une célébration de ce que nous venons d'accomplir. En silence, nous admirons le ciel qui s'illumine. Le tableau est somptueux. Ellen me prend la main.

— J'ai peur de ne jamais te revoir.

— T'inquiète, j'ai très envie de passer mes jours de congé dans un pays où il pleut tout le temps.

Elle retient un éclat de rire, partagée entre le bonheur et l'inquiétude, mais aussi, je le sens, cette triste impression de tout laisser derrière elle. C'est un aller sans retour, nous le savons toutes les deux. Elle ne reviendra jamais en France. Nous nous regardons sans plus rien dire – qu'y a-t-il à dire ? – et sans essayer de retenir nos larmes. Mais elles sont de joie, car nous sommes persuadées que « ça va aller maintenant, hein ? »

Il faut y aller, les passagers sont presque tous à bord. Elle me fait un dernier signe avant de disparaître au passage de la douane.

« Ça va aller », me dis-je de nouveau en scrutant le ferry qui s'éloigne. Puis je me secoue et me réinstalle au volant. Je n'ai qu'une envie : serrer mes enfants dans mes bras.

Une semaine s'est écoulée depuis le départ d'Ellen. Arrivée en Irlande, elle s'est empressée de contacter les médias, son objectif n'étant pas de se terrer avec son fils mais au contraire de dénoncer haut et fort le traitement de l'autisme dans l'Hexagone. Elle me manque déjà : qui peut se targuer d'avoir une amie susceptible de vous embarquer dans pareille aventure ? Son exemple me galvanise et pas seulement pour ce qui est de nos enfants : ce soir est un grand soir, j'ai enfin rendez-vous avec Mathieu chez Enzo, son fameux restaurant, et si j'y vais, c'est en partie grâce à elle.

Le lendemain de notre rencontre au parc, j'avais annulé le rendez-vous qu'on s'était fixé. J'ai eu peur. J'ai prétexté que je n'avais pas trouvé de baby-sitter. En vérité, je ne savais pas si j'en avais vraiment envie. J'ai fait taire les papillons et je me suis trouvé plein d'excuses pour ne pas y aller : ça ne m'apporterait rien de plus, j'avais des choses plus importantes à faire que de penser à la bagatelle et, au fond, il ne me plaisait pas tant que ça. Je crois que c'est en agissant de la sorte que l'on finit par accepter une vie trop étroite. On se donne de bonnes raisons d'avoir raison et on n'est ni heureux ni malheureux, on est juste cerné par des choix qui ne sont pas les nôtres et qu'on accepte par habitude.

La petite escapade avec Ellen m'a réveillée. Avec elle, j'ai osé libérer quelque chose en moi, quelque chose de profondément vivant et que j'étouffais de toutes mes forces, depuis trop longtemps. J'ai osé redevenir la gamine pleine de vie et de rêves qui n'a pas peur de s'écorcher pour sortir du cadre et des compromis. Et cette gamine s'est autorisé quelque chose d'impensable il y a encore quelques semaines : draguer !

À peine revenue de Cherbourg et avant de laisser l'adrénaline redescendre, j'ai envoyé un SMS à Mathieu, lui disant que j'étais libre le samedi suivant. A alors commencé une attente pleine d'angoisse, la plus longue demi-heure de mon existence. Je me suis imaginé sa réaction une bonne centaine de fois. J'ai failli annuler à nouveau, m'excuser ou dire que c'était César qui avait joué avec mon téléphone – ben voyons. Mais pourquoi il ne répondait pas, bon sang ! Et puis j'ai enfin reçu un message. Mon cœur battait la chamade quand je l'ai ouvert : « Samedi soir chez Enzo. Je suis très heureux de vous revoir. » Ce sourire de prépubère qui avait bien amusé l'interne de l'hôpital ne m'a pas quittée de la journée. J'avais un rancard ! Ça ne m'était plus arrivé depuis des années ! Est-ce que je saurais encore m'y prendre ?

Cette fois-ci, je n'ai pas annulé. Et me voilà donc, à une heure du rendez-vous, une serviette nouée en turban sur mes cheveux encore mouillés, les ongles de pied vernis d'une couche pas sèche, à essayer de faire manger César, qui mâche la même bouchée depuis cinq minutes. Il m'en a mis plein le chemisier en triant trop vivement le contenu de son assiette, l'appartement est sens dessus dessous, le lave-linge m'a lâchée et je dois encore laver un tee-shirt et un caleçon pour le petit, qu'il ait au minimum de quoi s'habiller demain. Je me dis que je ne serai jamais prête à temps. Ça et aussi qu'il n'y a pas de place pour un homme dans ma vie... Je convoque la gamine en moi pour ne pas renoncer. Plus concrètement, je demande à la baby-sitter de venir en avance. Au diable la mère parfaite, c'est elle qui couchera César et fera réviser ses leçons à Ben.

— Maman, je n'ai plus l'âge de me faire garder et je peux très bien m'occuper de mon frère, a-t-il râlé – mais depuis l'histoire du trafic, je suis plus sereine avec un adulte à la maison.

Je ne suis donc pas mécontente de n'avoir *que* quinze minutes de retard. Mathieu est déjà attablé, il se lève un peu trop brusquement à mon arrivée, son verre d'eau inonde la nappe. Avant, cela m'aurait gênée, j'aurais jeté des coups d'œil autour de moi, honteuse qu'on me voie avec un type aussi maladroit. Mais aujourd'hui, cette maladresse m'attendrit et me donne confiance : je plais vraiment à cet homme.

Les premiers moments sont un peu bizarres, un peu empruntés. Puis l'ambiance de la gargote, la gentillesse du patron et la qualité de sa cuisine – et de sa cave – aidant, l'atmosphère se détend. Autour de nous, des couples, des bandes de copains. Les tables sont des tablées, on partage sans façon les plats de pâtes et les antipasti. Ça s'interpelle, ça vit ! Pour moi, c'est une bouffée d'oxygène qui continue de libérer ce que l'escapade avec Ellen a réveillé. Mathieu, lui, parle beaucoup et cherche constamment à me faire rire. Et surtout, il arrive subrepticement à me faire parler de moi. De moi seule, je veux dire. Mon enfance, mes études, mes passions. Peu à peu, je me reconnecte à la jeune femme que j'étais avant d'être mère. « Avant », j'aimais faire de la peinture à l'huile ou dessiner au fusain, je suivais des cours de chant, je me levais toujours du mauvais pied et passais des heures dans des bains chauds, un livre dans les mains. J'avais oublié, je m'étais oubliée. Ça me plaît, c'est assez agréable d'être ainsi l'objet de toutes ses attentions.

Alors que nous prolongeons le repas autour d'un verre d'Amaretto, il y a un petit moment de flottement lorsqu'il me demande pour la deuxième fois où j'ai fait mes études, question à laquelle je viens de répondre. Comme si nous revivions exactement la même scène, comme si nous avions remonté le temps ou comme s'il était un acteur ayant perdu son texte et qui reviendrait sur ses pas pour retrouver son chemin. Je le regarde un instant, interloquée. Il rougit.

— Montpellier, Montpellier. Bien sûr, tu viens de me le dire.

Son embarras me touche et je me demande ce qui a provoqué cette petite « absence ». Peut-être était-il en train de s'imaginer m'embrasser... À cet instant précis, je me laisserais volontiers faire.

Il n'y a pas de baiser ce premier soir. Il me raccompagne chez moi. Nous marchons dans les rues désertes, il fait doux, je me sens bien. Mais il ne tente rien. J'espère le revoir.

Ce n'est pas long : il m'invite au cinéma la semaine suivante, puis au théâtre. Nous échangeons quelques baisers – à mon initiative –, quelques caresses furtives, plaisantes mais encore maladroites. Il essaie de se faire une place dans ma vie et moi de lui en laisser une mais je demeure sur mes gardes, encore blessée par mon histoire avec Éric. J'ai du mal à me laisser aller et je dois dire que j'ai l'esprit trop occupé par l'avenir immédiat de César.

Je suis toujours sans nouvelles de la deuxième école dans laquelle j'ai fait une demande. Je cogite tous les jours là-dessus et mon humeur varie à ce sujet. Je n'ai jamais pensé que l'école était LA solution, simplement qu'elle en était une pour que mon fils apprenne les codes de la société dans laquelle il doit vivre. Mon raisonnement est peut-être confondant de simplicité mais les fondations de ladite société reposant en partie sur l'école de la République, il me semble juste de vouloir que César intègre un cursus classique. De tout temps, les enfants vont à l'école, c'est ainsi ; j'ai un enfant, il ira à l'école : CQFD. J'ai fait le deuil du tout ordinaire mais l'école, ça, je n'y renoncerai pas. « J'ai pas pu aller à l'école longtemps, moi, mesure bien ta chance » : les paroles de mon père résonnent encore. Je suis petite-fille d'agriculteur, fille d'ouvrier, biberonnée à la laïcité et aux valeurs de la République : l'école, c'est sacré, l'instituteur parole d'évangile. Mais si je me trompais ?

Et puis un matin, je reçois la fameuse enveloppe. César est admis en classe de CP dans une école publique. Je ne saute pas de joie, je n'ai pas le sentiment d'avoir gagné un concours. Mais je lis la lettre avec un immense soulagement. Je déplie à nouveau le courrier pour le plaisir de regarder le cachet de l'Éducation nationale. Je relis chaque mot, pour vérifier qu'ils sont bien réels, que mon fils ira bien à l'école à la rentrée prochaine, comme n'importe quel enfant. Pas de feux d'artifice mais la sensation d'une juste rétribution des choses, d'un combat qui s'apaise.

Avoir un enfant handicapé, c'est comme entrer dans les ordres. Quelque chose de plus grand que soi prend le contrôle. On ne se pose pas la question de la foi, on est porté par elle. On n'est pas croyant, c'est bien plus que ça : on est déterminé. Combien de montagnes ai-je pu déplacer depuis l'annonce de son diagnostic ? Au fond de moi, je visualise déjà la prochaine étape.

Le précieux courrier encore à la main, je songe à cela en contemplant mon fils assis devant le hublot de la machine à laver, sa petite tête effectuant des mouvements circulaires au rythme du linge qui tourne. C'est l'une de ses activités favorites. Le bruit du tambour, la vision de l'eau, de la mousse, du paquet de vêtements… Je ne sais pas ce qui marche mais ça marche, alors j'en profite : régulièrement, je lui fais trier les affaires sales et remplir la machine. Tout est prétexte à développer son autonomie – et aussi à me faire un peu aider, dommage qu'il ait peur du bruit de l'aspirateur.

— Mauvaise nouvelle ? me demande Ben.

Comme je ne réponds pas, il insiste :

— Maman, mauvaise nouvelle ?

— Non, non, c'est une bonne nouvelle.

Je lui tends le papier et j'ajoute :

— César est accepté à l'école.

Ben me dévisage, interloqué :

— Et ça ne te fait rien de plus ? Attends, tu ne parles que de ça depuis trois ans, maman ! Et là, tu fais genre je m'en fiche ?

« Ça » : la scolarisation. Mais ce n'est qu'une étape, qu'une pierre sur un chemin qui est celui d'une vie entière, la vie de César.

— Mais maman ! Maman, pardon, mais tu déconnes ! Faut fêter ça !

Et Ben attrape son frère – il est bien le seul à pouvoir le surprendre ainsi –, se lançant dans une danse folle en chantant :

— César va aller à l'école !

— César, école, reprend le petit en chœur.

Et les deux enfants rient, César plus par mimétisme que par véritable conscience de ce qu'il se passe. Alors je ris à mon tour, jusqu'à ce que César s'empare subrepticement du courrier que Ben a posé sur la table.

— Ah non ! crions-nous Ben et moi de concert, affolés à l'idée qu'il pourrait mettre la feuille en morceaux.

La pupille de César s'assombrit. La plupart du temps, il semble complètement imperméable à nos réactions, et parfois même à notre présence, mais il lui arrive de se mettre dans des colères monstres face aux manifestations de complicité qui peuvent s'exprimer devant lui. Je m'accroupis à sa hauteur.

— César va aller à l'école.

— César va à l'école, répète-t-il.

— Oui. Et tu vas apprendre à lire, comme Ben.

— César sait lire.

Je souris devant son air farouche. À la structure, son éducatrice lui a effectivement appris les bases de la lecture et il ne se débrouille pas mal. Mais je sais d'expérience que ce qui semble acquis reste fragile et peut disparaître du jour au lendemain. En revanche, il a une très bonne mémoire : il lui est arrivé d'interpeller par son prénom un passant que nous avions rencontré dans la file d'attente de la boulangerie. Rien d'étonnant jusque-là, sauf que c'était il y a un an et que nous ne l'avions jamais recroisé depuis ! Des choses comme celles-là, il en fait tous les jours et pourtant il est à peine capable de formuler une phrase correctement. Mon pauvre César, à ton contact je mesure toute la fragilité de notre existence. Une faiblesse dans les échanges neuronaux, quelques synapses perturbées et c'est toute une vie qui bascule.

— Oui, tu sais lire, mais là, tu apprendras à lire des livres entiers ! Et puis tu vas avoir des copains.

— Des copains.

De nouveau, cette inquiétude dans ses yeux. César n'aime pas particulièrement les autres enfants, mais comment lui en vouloir ? Il ne connaît que des gosses aussi étranges que lui. À l'association, il fréquente les mêmes camarades ou presque depuis deux ans mais il n'est pas question d'amitié, chacun joue ou travaille dans son coin. L'interaction n'existe pas chez les autistes, encore moins entre eux. Et pourtant, depuis quelque temps, je constate que César prend goût à toutes ces petites attentions qui font qu'on existe dans le regard des autres. Je repère chez lui ce besoin de reconnaissance qui crée les échanges sociaux. Ainsi se sert-il de son excellente mémoire pour surprendre son entourage et, qui sait, peut-être même pour séduire.

— Oui, tu auras des copains, reprends-je.

Il regarde par-delà mon épaule, baisse la tête. Le sol semble s'ouvrir sous mes pieds, mon ventre se serre : dans ma quête éperdue pour cette scolarisation, ai-je une seule fois pensé à ce que voulait César ? « Bien sûr ! Tout ça est pour lui ! » Vraiment ? Lui qui essuiera les moqueries, lui qui sera plus que jamais confronté à son incapacité à se faire pleinement comprendre de notre monde ? Oui, mais aussi : lui qui se fera aimer, qui progressera, qui gagnera en autonomie... Je le prends dans mes bras, il est raide et tendu. Du bout des doigts, j'effleure son dos, la seule caresse qu'il m'ait longtemps autorisée, lui qui n'aimait pas être touché, qui n'aime toujours pas ça mais qui fait des efforts – et songer que mon enfant fait des efforts pour se laisser câliner par sa mère me déchire. Son cœur battant contre le mien, je prends le temps qu'il faut pour m'assurer que nous sommes bien connectés l'un à l'autre, que j'ai toute son attention, qu'il est bien présent. Et je murmure à son oreille :

— Ça va bien se passer, César. Tu grandis.

Il se dégage doucement, d'une façon inhabituellement attentionnée qui me laisse penser qu'il a compris. Je me relève, époussette mon jean, le temps de faire refluer les larmes qui me sont venues.

— Pizza ? demandé-je pour détendre l'atmosphère.

Ben m'acclame comme si j'étais Lionel Messi.

— Carrément, pizza ! Et karaoké ! ajoute-t-il en se précipitant sur l'ordinateur à la recherche des clips favoris de César.

Le petit a repris du poil de la bête et s'égosille dans son franglais quand on sonne à la porte une heure plus tard.

— Les pizzas arrivent ! claironné-je.

Mais au lieu du livreur de pizzas, je me retrouve nez à nez avec… la police. « Ben ! me dis-je, bon sang, Ben, qu'as-tu encore fait ! » Ma colère retombe net pour laisser place à la peur quand, après que je les ai fait entrer, l'un des deux inspecteurs me lance :

— C'est à propos de Mme Ellen O'Connor et de son fils, Tom.

— Qu'est-ce que vous voulez savoir ?

Ma voix monte un peu trop dans les aigus, j'espère être la seule à l'entendre. Les flics, deux fois en moins de trois mois : ça commence à faire beaucoup.

— Elle est poursuivie pour enlèvement d'enfant. Elle a quitté le territoire français et s'est réfugiée en Irlande.

— Oui, je suis au courant, elle est partie en Irlande. Mais elle n'a enlevé personne, c'est avec son fils qu'elle est partie. Elle ne s'en cache pas, les journaux en ont parlé. Je n'ai aucun contact avec elle, vous savez.

Je ne me sens pas du tout à l'aise, le regard de l'un planté dans le mien tandis que son collègue, plus petit, détaille l'appartement avec suspicion. Mon cerveau fonctionne à toute vitesse, je me refais le film de notre escapade avec Ellen, j'ai peur de me trahir. Ne pas baisser les yeux.

— Elle a été aidée... par une femme semble-t-il... On sait que vous êtes très proche de Mme O'Connor.

— Je ne vois pas...

— Vous étiez où le week-end de sa disparition ?

— Le week-end de sa disparition ?

— Oui, c'est ça, le week-end de sa disparition.

Cela peut paraître absurde mais je n'ai pas prévu d'alibi, je n'ai pensé à rien. Toute à la beauté de notre sauvetage, je n'ai pas du tout considéré que nous commettions un crime et encore moins que je pourrais être inquiétée. Soudain la panique me prend. S'ils m'arrêtent, qui sera là pour s'occuper de César ? Il me sera retiré ! C'est ma faiblesse, ma plus grande crainte depuis que j'ai compris que mon fils n'était pas comme les autres : qu'on me le prenne, qu'on me juge incapable de prendre soin de lui. Pire : qu'on me juge nocive. Un vieux relent de culpabilité lié à toutes les fadaises que j'ai entendues sur la responsabilité de la mère dans l'autisme... L'opinion des autres, leur assentiment, je m'en fiche. Mais parfois, j'ai le sentiment vertigineux que la situation peut basculer du jour au lendemain et qu'on peut décider – parce qu'une assistante sociale l'aura voulu ainsi – de me l'enlever.

— Vous ne vous rappelez plus ?

Je m'en souviens très bien, au contraire, et mon cerveau focalise sur l'image de Tom gavé de médicaments. Aucun mot ne me vient, aucune histoire à raconter pour l'entraîner sur une autre piste. La peur m'envahit et je me sens flancher, je dois être blanche comme le carrelage.

— On est partis en week-end tous les trois au bord de la mer.

Je sursaute. Ben arrive dans l'entrée, suivi de son frère.

— Bien, réplique l'un des inspecteurs. Vous avez dormi dans quel hôtel ?

— On n'a pas beaucoup d'argent, vous savez. On dort dans la voiture, ça ne nous gêne pas.

— C'est à votre mère que j'ai posé la question.

— Elle ne vous le dira pas parce qu'elle en a honte. Avec mon frère on adore ça, mais maman, ça la gêne que ça se sache. Quand on revient, on est tout sales mais on est contents.

L'aplomb de Ben m'impressionne et me terrorise à la fois. Comment peut-il mentir à la police avec autant de sang-froid ? Mais je ne suis pas vraiment en position de le sermonner, je saute sur cette histoire comme une bête affamée. Même César s'y met – « César il aime la mer, je veux maillot de bain ». Les flics sont face à un pack avant de mêlée de rugby prêt à affronter la Nouvelle-Zélande. Ils nous regardent à tour de rôle – un peu moins franchement quand il s'agit de César, comme s'il les déstabilisait – et demandent à voir la voiture. On descend sur le parking, moi toujours au bord de l'évanouissement et un peu embêtée quand même à l'idée que les voisins nous voient en compagnie de policiers, Ben toujours aussi sûr de lui et César sautillant. La voiture est encore pleine de boîtes de gâteaux, de bouteilles de soda et du plaid qui recouvrait Tom pendant qu'il dormait. Je n'ai pas pris le temps de nettoyer depuis notre virée à Cherbourg. Pour une fois ça tombe très bien, je me félicite intérieurement. Ce tableau bordélique colle parfaitement avec le week-end dont parlait Ben. La chance est de mon côté et puis les inspecteurs n'ont certainement pas à cœur de pousser plus loin. Même le petit suspicieux qui joue le rôle du *bad cop* s'en va sur un hochement de tête, non sans avoir lancé un tonitruant :

— Soyez sages avec votre mère !

Ben me jette un regard plein d'ironie, mais une ironie douce :

— Tu me disais quoi à propos des flics la dernière fois ?

Puis, sur un ton qui oscille entre admiration et désir de protection :

— T'as vraiment fait ça ?

Encore sous le choc, j'adresse à mon fils un pâle sourire.

— Là on parle de kidnapping, maman ! C'est quand même un cran au-dessus du deal de quelques barrettes de haschich.

Je ne réponds pas, il n'y a rien à répondre. À quelles extrémités me pousse cette société qui met en marge mon tout-petit et ses semblables ? Je ne suis toujours pas convaincue d'avoir mal agi, simplement consciente de là où ça aurait pu me mener. Et puis d'un coup mes jambes flanchent, je m'appuie sur le muret à l'entrée de l'immeuble. Ben s'approche et m'enveloppe dans ses bras, César se faufile pour se blottir contre mon ventre. On reste là un long moment sans parler, à prendre toute la mesure de nos attaches. Il est si facile de tout perdre... Nous venons de frôler la catastrophe. Je n'y aurais pas survécu.

Les policiers ne sont jamais revenus, ni eux, ni d'autres. Je n'ai plus été inquiétée, et aussi énorme qu'aient été le choc de cette visite et la crainte qu'elle a suscitée, je demeure sûre de mon combat. Et puis, de manière très prosaïque, disons que j'ai d'autres chats à fouetter ! Dès le lendemain, je prends rendez-vous avec le directeur de l'école qui accepte César afin de discuter des modalités de scolarisation et de la possibilité d'obtenir un AVS. Le jour dit, je suis curieuse de voir ce qui m'attend.

Dans le préau, entre des boîtes de Kapla, trois tapis de gym et des hula hoop, toute une délégation m'attend. L'affaire a l'air sérieuse ! Chacun se présente sur un ton qui se veut courtois mais que je perçois comme emprunté et tragique. Il y a là le directeur de l'école primaire, la future maîtresse, l'enseignante référente qui représente le ministère, le médecin scolaire, le psychologue du rectorat, un autre représentant dudit rectorat et le responsable des activités extrascolaires. Les poignées de main ne sont pas franches, les mines sont plutôt embarrassées. Je me fais peut-être des idées mais je ne le sens pas. Pour ne rien arranger, le directeur m'invite à m'asseoir sur une chaise de Lilliputien – évidemment, c'est le jour où j'ai choisi de me mettre en jupe, et je passerai l'heure à tirer dessus. Les autres prennent place sur des bancs tout aussi inadaptés, disposés en arc de cercle autour de moi.

— Bien bien.

Le directeur se racle la gorge et entame les hostilités. Car c'est bien de cela qu'il s'agit malheureusement. Très vite, je comprends qu'il a fait se déplacer tout ce beau monde pour se protéger des décisions qu'il va devoir prendre – qu'elles aillent dans mon sens ou non. En somme, il veut bien admettre un enfant handicapé dans son école mais pas trop quand même parce que ça pourrait perturber les classes.

— Nous avons déjà eu des expériences... comment dire... des expériences malheureuses.

En chœur, tous dressent la liste des écueils. L'un évoque le traumatisme que les crises d'un enfant autiste provoquent chez les autres élèves – je ne peux pas leur en vouloir et je reconnais sobrement que « oui, c'est traumatisant » – ; l'autre allègue les difficultés et les dangers d'une scolarité « classique » pour César – bien essayé mais il a été jugé « apte », répliqué-je. Je les écoute en leur manifestant de l'attention malgré la colère qui parfois affleure. À ce moment précis, deux choix s'offrent à moi : les prendre de front en leur rappelant que la loi impose que tout enfant soit scolarisé ou improviser un numéro de charme, les surprendre. Je ne peux pas les braquer, j'ai besoin d'eux pour réussir. Il faut que je les emmène dans mon projet. Alors j'opte pour le charme.

— Vous avez raison. C'est un moment très délicat que nous vivons aujourd'hui. J'admire la mission que vous vous êtes donnée : permettre à chaque enfant d'avoir accès à l'éducation. Et je l'admire d'autant plus que, parfois, les choix qui se présentent à vous sont cornéliens.

Franchement, je ne sais pas d'où ça me vient mais ça sort comme ça. Ils sont sensibles à la flatterie et semblent se détendre. Ils se sentent en confiance. À la fin de l'envoi, je touche :

— Je tiens à dire que vous faites un travail formidable pour les enfants du quartier. Nous sommes dans une zone difficile, je le sais. Je suppose que chaque jour est un défi.

J'en fais trop ? À peine ! Je les ramène à leurs rêves de jeunesse, au pourquoi de leur vocation. Le directeur, particulièrement, s'enorgueillit. Mais je sens que c'est à moi de leur faire une proposition.

— Voilà ce que je suggère : on va y aller petit à petit et laisser le temps aux élèves comme à César de s'habituer. Je pense que si nous avançons avec mesure, nous pouvons réussir quelque chose de très beau. Permettre aux enfants de s'enrichir de la différence et ouvrir le chemin du savoir à un enfant qui n'a pas eu autant de chance que les autres.

Bam, les voilà assis à la droite de Jules Ferry ! De vrais instituteurs de la République ! Je ne lâche pas :

— Je propose de démarrer par deux matinées par semaine. On fait très vite le point et si tout se passe bien, on passe à quatre matinées, puis à deux journées pleines et ainsi de suite.

Un tel planning me demandera beaucoup plus de travail car il va falloir que j'assure la continuité du programme scolaire, mais si c'est à ce prix-là, je suis prête. Comment pourraient-ils refuser ? Et de fait, dans leurs yeux, leur attitude, le relâchement imperceptible de leurs épaules, je sens que cela les rassure – « voilà une mère investie et raisonnable », semblent-ils dire. Ils approuvent mais évidemment ça ne peut être aussi simple :

— Sous condition, évidemment, que vous obteniez un auxiliaire de vie scolaire, concluent-ils.

Un nouveau round commence...

— Et pourquoi tu ne prendrais pas un éducateur de P'tit à P'tit ?

Je lève un sourcil, incrédule. C'est Mathieu qui me pose la question. Je me suis surprise à me diriger vers sa pâtisserie après le rendez-vous à l'école. J'avais envie de partager ma joie « et besoin de chocolat pour apaiser mes doutes ». Il a ri, pris deux éclairs, donné quelques instructions à ses employés et m'a entraînée au café du coin. Sa seule présence m'apaise, c'est fou l'effet qu'il me fait.

— Pour l'école ?

— Oui, ça faciliterait peut-être les choses... Il connaîtrait César, en plus.

— Mais merde ! Il a droit à son AVS.

Mathieu rougit, balbutie.

— Désolé, je n'y connais rien.

Je me donnerais des claques ! Pour une fois qu'il y en a un qui s'intéresse *vraiment* à ma vie – en comparaison, Éric, lui, croit encore que ma structure s'appelle « Pas à Pas » –, et moi je le renvoie dans les cordes, quelle imbécile ! Je tente de rattraper le coup :

— Non, non, ne sois pas désolé. C'est une bonne idée, ça se fait, tu as raison. Mais en l'occurrence on est déjà en sous-effectif à la structure, je ne vais pas débaucher un éducateur juste pour César. Et puis il faudrait le faire agréer par l'Éducation nationale, ça me semble compliqué. Non, je vais prier pour en obtenir un et je le formerai sur le tas si ça l'intéresse.

Mathieu me regarde, et l'admiration que je lis dans ses yeux m'encourage. Pas question qu'une fois encore je mâche le travail à l'État, que je paie et me démène pour que quelqu'un venu du privé accompagne mon fils en classe. C'est encore trop de budget, trop de démarches administratives et ça ne serait pas rendre service à ceux qui n'ont pas les moyens de le faire. Je dois aussi penser lutte collective. Handicapé, César a droit à un AVS, c'est prévu par la loi, il l'aura. Ces auxiliaires ne sont pas formés à l'autisme ? Qu'à cela ne tienne, s'il faut leur expliquer les bases, je saurai le faire, et avec plaisir en plus.

Il y a un instant de flottement. Et puis il lance, tout à trac :

— J'aimerais bien les rencontrer.

Je sursaute, crains de comprendre mais fais l'idiote :

— Les AVS ?

— Laura…

— C'est un peu tôt, tu ne crois pas ?

Il hoche la tête.

— Je comprends, murmure-t-il.

Mais son air dépité dit le contraire. Et puis quoi ? Qu'est-ce que je risque ? De toute façon, il a déjà vu César et il n'a pas fui pour autant. En d'autres temps, sa mine de chien battu m'aurait fortement agacée, mais aujourd'hui elle me remplit de tendresse. Tout comme le reste de crème pâtissière, là, à la commissure de ses lèvres. Alors j'accepte. Instantanément, son visage s'éclaire, il se redresse – « Waouh, j'ai ce pouvoir-là », me dis-je – et s'exclame :

— Dimanche ! Je vous organise un après-midi pâtisserie dans mon atelier.

Le dimanche en question, Ben traîne des pieds, mais quelque chose dans mon regard lui fait comprendre à quel point c'est important pour moi – et de toute façon, il a intérêt à filer droit, il me doit bien ça. Il tend la main à Mathieu en arborant son plus beau sourire. Quant à César, la vue du pistolet à ganache le fascine.

— Je m'en sers pour remplir de chocolat les brioches et les viennoises, explique doctement Mathieu. Tu veux goûter ?

Tandis que César se gave de chocolat à même le pistolet, j'observe avec curiosité l'atelier-cuisine ouvert sur la boutique. J'ai découvert avec une pointe de fierté que ses meringues et ses fraisiers étaient réputés dans toute la ville. Mathieu rougit de plaisir quand je le lui dis.

— Eh bien, aujourd'hui, je vais vous en dévoiler les secrets de fabrication !

Il nous tend à chacun un tablier mais César est déjà en train de mettre ses mains dans la farine... et d'en jeter partout dans la cuisine, le plus haut possible.

Au lieu de se formaliser, Mathieu saisit la balle au bond et l'imite, comme s'il avait immédiatement compris ce que cela signifiait pour lui. Ben, trop heureux de ce joyeux chaos, s'y met à son tour, et je me retrouve enfarinée moi aussi, impuissante face à ces attaques en règle. En quelques secondes, nous voilà tous en train de nous battre à jets de farine, secoués d'un fou rire impossible à arrêter. L'atelier est dévasté. Il y en a partout, nous sommes blancs, immaculés de la tête aux pieds, et plus nous nous regardons, plus nous rions. À bout de souffle, je finis par déclarer forfait, consciente aussi du capharnaüm que nous avons créé. J'espère que Mathieu ne regrettera pas son geste et ne nous prendra pas pour une famille de malotrus…

Le nettoyage prend des heures mais c'est une bonne occasion de faire participer César à un travail collectif. En revanche, j'ai peur de ce qu'il fera la prochaine fois qu'il trouvera de la farine… Comment lui expliquer que ce qui vient de se passer est exceptionnel et que Mathieu a fait ça pour franchir une barrière qui nous a permis de le rejoindre dans son univers le temps d'un fou rire ?

Oh, et puis mince alors ! Céder à ce genre d'élan spontané, c'est aussi lui apprendre à avoir confiance en lui malgré son handicap. C'est lui montrer qu'on est avec lui et qu'on l'aime tel qu'il est. Mathieu l'a bien compris, lui qui ne le connaît que depuis quelques heures. Et moi, sa mère, je ne suis même pas capable de le laisser un peu respirer, quand l'occasion se présente, sans culpabiliser aussitôt. Je songe à cet instant que dans certaines cultures amazoniennes, les êtres comme César sont regardés à l'égal de divinités. On considère qu'ils ont un lien privilégié avec

Dieu, que c'est cette proximité qui leur confère leur bizarrerie et que leur présence est source de bons présages pour le groupe. Je devrais m'inspirer de ce respect presque sacré, de cette célébration quotidienne de la fragilité de l'existence et du miracle de la vie. Et peut-être qu'un jour nous irons les voir avec César, ce serait un bol d'oxygène au milieu de ce monde étriqué.

À force de redouter ce que la société me renvoie, j'ai trop souvent l'impression de rater les choses, de subir le quotidien, d'être à côté de ma vie. Moi aussi je finis par confondre plaisir et bonheur, dopamine et sérotonine, pour parler comme les magazines. À bien considérer nos valeurs, je me demande souvent qui sont les vrais malades. On se damne pour un canapé, une voiture ou un sac à main, c'est ça notre façon de célébrer l'existence ? Je ne vaux pas mieux : j'ai bien commencé par refuser de me laisser séduire par Mathieu parce que je le trouvais trop gros. Je ne suis pas encore prête mais s'il me laisse le temps, je sais que je peux lui faire une vraie place.

Une fois l'atelier rangé, loin de nous chasser, il réitère sa proposition de nous apprendre sa recette du fraisier. Les garçons sont cette fois d'une attention, d'un calme et d'une obéissance inhabituels. La présence de Mathieu ne fait pas de bien qu'à moi, semble-t-il. Et j'avoue que quelques larmes d'émotion me montent aux yeux. Je songe que cet homme arrive dans ma vie comme un grand souffle d'air pur. Il est simple, vrai, et je devine qu'il peut rendre mes enfants heureux. Il me reste à apprendre à le devenir aussi.

L'été approche et, avec lui, l'inertie administrative. J'angoisse à l'idée que cette question d'AVS ne soit pas réglée avant les vacances. « Ce n'est pas de votre ressort », m'a-t-on prévenue à la MDPH. Néanmoins, je passe un temps fou pendue au téléphone pour relancer la commission en charge de statuer. Le jour où mon interlocutrice me lâche sèchement que « de toute façon, les AVS ne sont pas formés à gérer ça », en d'autres termes que même accompagné mon fils ne sera pas aidé, je m'interroge sérieusement sur le bien-fondé de ma démarche.

Mais je fais comme si. En perspective de septembre, j'ai demandé au directeur si César pouvait visiter les lieux. Étonnée de la facilité et de la rapidité avec lesquelles j'ai obtenu son accord, je pousse un peu plus loin encore et demande si, « par hasard », « avec un peu de chance », on ne pourrait pas assister à une classe ou à une récréation… « Si ce n'est pas trop compliqué bien sûr. » J'ai l'impression de devoir faire des ronds de jambe mais bon, s'il faut en passer par là… Et finalement, ô surprise, il nous convie à la fête de l'école !

— La fête de l'école, tu te rends compte, c'est génial ! dis-je à Ben qui me regarde en secouant la tête.

— Écouter une vingtaine de marmots chanter faux du Anne Sylvestre, c'est ta définition du génial ?

Mais il m'accompagne, bien sûr.

Armée d'un appareil photo, je mitraille : la porte d'entrée, les escaliers qui mènent à la classe, les rangées de portemanteaux, une salle de classe, les sanitaires, la cantine, la cour…

— Le placard à balais aussi ? m'arrête Ben d'un ton gentiment moqueur.

— Et pourquoi pas ? Il peut tout à fait venir à l'idée de ton frère de s'y planquer.

Mon objectif est simple : ces photos serviront à familiariser César avec les lieux. Je lui ferai un panneau illustrant le parcours qu'il accomplira lorsqu'il sera à l'école.

— Espérons qu'ils ne prévoient pas des travaux durant l'été, ajoute Ben qui me suit avec son frère. T'imagines, s'ils repeignent tout en jaune ? insiste-t-il.

— J'aime pas le jaune, intervient César.

— C'est bien, mon cœur ! m'exclamé-je tout en continuant à tout photographier.

Depuis quelques jours, il conjugue correctement. Il ne dit plus : « César aime », mais : « J'aime. » Je n'en peux plus de fierté.

Nous sommes arrivés après le spectacle de fin d'année, et, dans le préau, les enfants vont de stands de jeux en stands de gâteaux. Mise en confiance par l'accueil sympathique du directeur et de la future enseignante de César, j'ai décidé de le laisser faire comme bon lui semble. En l'occurrence, il ne se mêle pas aux autres et s'est replié dans un coin de la cour maternelle déserte et adjacente. Trop de bruit, trop de monde, trop de nouveauté. Trop de trop en fait. Je prie pour que cela ne provoque pas une crise mais aussi pour que personne ne remarque son isolement – certains auraient tôt fait de parler de sauvagerie.

Il y a un toboggan et d'autres structures de jeux mais cela n'intéresse pas César qui ramasse du gravier. Il en prend de pleines poignées et s'amuse à les jeter en l'air. C'est sa façon à lui de faire exploser sa joie et, dans ce cas précis, l'expression est bien appropriée. De grandes gerbes majestueuses de petits cailloux jaillissent dans le ciel et mon fils exulte. Un instituteur qui passe à proximité se fait arroser. Embarrassée, je demande à César de se calmer un peu. Un petit garçon s'approche, César plonge aussitôt ses deux mains dans le gravier et le déverse délicatement sur la tête de l'enfant, qui, bien sûr, s'enfuit en courant. César le poursuit, les mains pleines de petits cailloux et de sable, et la victime s'égosille, épouvantée, en tentant d'échapper à son bourreau engravieur. Ils courent ainsi en tous sens, formant de grandes arabesques improvisées, l'un hurlant de peur et l'autre de joie. Cela ne dure pas longtemps mais suffisamment pour me donner des sueurs froides. Là encore, je redoute que les cris n'attirent l'attention des parents. Le petit garçon finit par se planter devant moi et, comprenant que je suis son seul salut possible, me lance :

— Mais pourquoi est-ce qu'il est méchant avec moi ?

Sans réfléchir, je lui explique :

— C'est parce qu'il t'aime bien. C'est sa façon à lui de te le dire.

Il reste interdit. Intrigué, il prend le temps de la réflexion et s'éloigne. Je ne sais pas d'où ça m'est venu mais ça semble répondre à ses interrogations. César, quant à lui, est déjà parti à l'assaut d'une nouvelle victime : un vieux chêne impassible qu'il arrose à son tour de gravier.

— Il est content de venir à l'école ?

Je sursaute en entendant la voix de l'enseignante qui se glisse à mes côtés. Passé l'effet de surprise, je ne peux m'empêcher de me cabrer. Content ?

— Certainement, mais avec César, difficile de savoir ce qu'il ressent...

Nous restons l'une à côté de l'autre en silence. En présence de cette femme, le spectacle de César me rend mal à l'aise, il me rappelle cette scène de la piscine gonflable quand il était bébé et que j'ai compris qu'il n'était « pas adapté ». Est-ce qu'elle va conclure aujourd'hui ? Que mon fils n'est pas adapté ? Ça semble en prendre le chemin :

— Vous savez, nous ne sommes pas formés à cela...

« Cela » : la différence.

— C'est pour ça qu'il y a des AVS, répliqué-je un peu plus amèrement que je ne le souhaiterais.

— Ils ne sont pas plus formés.

À son ton, je devine qu'elle est désolée. Je retiens un soupir. Je sais tout ça. Je sais que beaucoup d'AVS sont des chômeurs en fin de droits, des retraités ou des jeunes qui n'ont pas encore trouvé leur voie – en tout cas, c'est ce qu'on dit. Mais je me dis aussi que cela n'empêche pas l'investissement, la motivation et l'empathie. C'est ce que je m'apprête à rétorquer à l'enseignante quand elle reprend avec douceur :

— Les classes Ulis sont là pour ça.

J'accuse le coup, même si elle n'est pas la première à me le suggérer. Les classes Ulis... Unités localisées pour l'inclusion scolaire. En bref, les enfants sont à l'école mais dans une classe à part. Pas question ! César n'est pas suffisamment handicapé pour cela. Mais, immédiatement, je me sermonne. « Tu t'entends ? "Pas suffisamment handicapé"... » Je parle de tolérance et je mets à l'index des enfants qui ont autant le droit de cité que mon César ? Décidément, il y a toujours du chemin à faire... J'ai fait le deuil de beaucoup de choses depuis le diagnostic de César, au premier rang desquelles l'idéal de l'enfant parfait et qui flatte l'ego. En contrepartie, il m'amène à m'interroger sur qui je suis, ce dont je suis capable. J'ai fait le deuil de beaucoup de choses mais jamais avant d'avoir essayé. Si je dois renoncer à l'école – en tout cas, à une classe dite « classique » –, ce sera parce que ça ne convient pas à César et non pas parce que cela gêne les autres.

— Laissez-lui une chance, d'accord ? Peut-être que sa place n'est pas là, mais pourquoi le décider avant de tester ?

L'enseignante approuve. Je devine de la compréhension dans son regard mais je préférerais y lire qu'elle est prête au combat, celui d'inclure mon fils dans sa classe. J'insiste :

— Et surtout, vous verrez que c'est aussi une chance pour les autres enfants. Si ce n'est pas à l'école qu'on apprend la différence, où le peut-on ?

Je cherche César. Il est en train de déverser un mélange de poussière et de gravier sur la tête du petit garçon de tout à l'heure. Cette fois, celui-ci se laisse faire, impassible, yeux fermés, essuyant simplement sa bouche pour respirer. Je me dis que les enfants comprennent vite. La tolérance est un mot d'adulte qui sonne comme un effort. Chez les enfants il n'a pas lieu d'être puisque cela va de soi.

Le mois de juillet est magnifique. Les garçons et moi avons mis les voiles pour rendre visite à mon oncle Serge qui habite une grande maison au milieu des bois, dans le Périgord. La journée, nous nous promenons dans la campagne environnante, nous nous baignons dans les rivières et courons après les papillons. Le soir, ce que nous avons ramassé ou acheté chez un paysan finit dans nos assiettes et c'est chaque fois un régal. César accepte d'ailleurs bien plus facilement le vert, c'est un petit miracle qui ne me laisse pas insensible. Il passe une bonne partie de son temps en forêt avec son frère, à construire des cabanes ou à entasser du bois devant la maison pour les grands feux que nous allumons une fois la nuit tombée. Il est heureux et cherche à partager un moment avec chacun – c'est bien la première fois : Ben pour un peu d'aventure, Serge pour apprendre quelque chose de nouveau et moi pour un moment de lecture ou un câlin. Je le sens plus tendre et très à l'écoute. Cet univers bucolique l'apaise, à moins que ce ne soit cette douceur qui m'envahit et dont je ressens au plus profond de moi les effets.

Peut-être, comme tous les enfants, se contente-t-il de me renvoyer ce que je lui donne…

Le temps s'étire ainsi lentement. Il n'y a pas Internet, le téléphone passe mal et pourtant Ben ne s'en plaint pas. Parfois, lui et moi nous retrouvons par hasard au seul endroit du jardin où le réseau est correct, une petite butte d'un mètre sur un mètre où il faut se tenir sur la pointe des pieds. J'y vais pour appeler Mathieu, rougissante quand Ben me « grille », comme il dit. J'essaie aussi de passer un peu de temps seule avec lui. Un soir, je lui propose de m'accompagner sur la place du village où ils projettent *Cinema Paradiso* en plein air. Je nous sens si bien l'un et l'autre que je décide de prolonger ce moment trop rare par un dîner en terrasse, sur cette place bordée de platanes et balayée par une petite brise. Je suis fière et heureuse d'être avec mon grand. Mon fils qui devient déjà un homme. C'est presque imperceptible mais c'est un fait, je l'avais déjà noté : en l'absence de son petit frère, il se révèle plus grave et moins taquin. Comme s'il faisait tomber le masque, comme s'il s'autorisait à être fragile lui aussi.

J'en profite pour l'interroger mine de rien sur sa vie. Au dessert, j'ose prendre le taureau par les cornes et lui poser frontalement la question :

— Et le shit, c'est bien fini ?

Je n'ai pas attendu ce soir pour m'en préoccuper mais autant y aller cash. Il a l'air surpris :

— Oui, bien sûr, j'ai qu'une parole.

Il s'agite, soudain joueur :

— Mais dis donc, t'es bien placée, toi, pour me faire la leçon… Petite terroriste !

Je manque de m'étrangler avec le cacao du tiramisu.

— Quoi ?

— Tu crois que je ne sais pas que tu communiques avec Ellen via Telegram ?

Grillée ! Il a raison, elle et moi échangeons via le réseau crypté pour être certaines de ne pas être inquiétées par les autorités. À la suite de la plainte de son ex-mari, la justice française a demandé son extradition : elle est poursuivie pour enlèvement d'enfant. L'Irlande ne l'a pas extradée mais la garde sous contrôle judiciaire. L'ONU a été saisie, sa position est très fragile. Il faudrait porter son cas devant la Cour européenne pour espérer une justice plus équitable.

— Elle va bien ? me demande Ben.

— Elle tient le coup. Tom trouve ses marques, il va mieux.

— C'est... c'est cool ce que tu fais en tout cas. Toi, ceux de P'tit à P'tit et les autres... Vous faites un peu évoluer les choses quand même, non ?

Je souris. Il n'a pas tort. Ce n'est pas encore la panacée mais d'énormes progrès ont été accomplis. Depuis 2005, les plans nationaux se succèdent et les choses bougent. Peu à peu, à grands coups de condamnations du Conseil de l'Europe, le lobby des psychanalystes est en train de tomber.

— Qu'est-ce que tu parles de Conseil de l'Europe ! C'est grâce aux parents que ça bouge, s'emballe Ben.

C'est vrai qu'à force de devoir nous débrouiller par nous-mêmes nous sommes devenus de vrais spécialistes du trouble comportemental. On en sait autant, voire plus que les médecins, les organismes et parfois les structures accueillantes. On a des années de pratique, de formations continues, et une curiosité insatiable que nous envie le corps médical. Et je ne parle pas de la tendresse infinie qu'on y met et qui ne sera jamais égalée par aucun professionnel. Alors oui, si les choses ont pu bouger un tant soit peu en France, c'est grâce à nous, les parents, et à personne d'autre. Sans cesse au front, à faire bouger les lignes en multipliant les actions associatives, les réunions publiques et les débats en tout genre. Combien de structures comme P'tit à P'tit existent en France ? Combien de mères, comme moi, jettent toutes leurs forces – et leurs économies – pour créer du sur-mesure à leur enfant ? Mais ce genre de lieu peut accueillir à peine une dizaine de gamins et ne garantit pas l'inclusion en société. Ce ne sont que des gouttes d'eau, trop souvent du bricolage, et la France accuse encore des décennies de retard.

Nous terminons en silence, un peu plombés par l'évocation des problèmes de mon amie qui, immanquablement, font ressurgir les miens, les nôtres, et notamment l'incertitude planant toujours à propos de l'AVS. Ben doit sentir mon angoisse car il me prend la main :

— T'inquiète pas, maman, il y a toujours une solution, c'est bien ce que tu dis, non ?

Je hoche la tête en silence, il lance :

— Au pire, on ira s'enchaîner devant l'école.

C'est qu'il pourrait bien en être capable...

J – 7 avant la rentrée. Nous n'avons toujours pas d'AVS mais je suis dans les starting-blocks. Notre séjour dans le Périgord nous a fait le plus grand bien. Je nous sens tous les trois plus unis que jamais. Jus de fruits pressés et sourire sont de mise tous les matins. Dans ma tête, en continu, résonne *Eye of the Tiger*. Rocky, César et moi, même combat. L'école, c'est notre Apollo Creed à nous. C'est dans cet état d'esprit que, peu à peu, je prépare César à la rentrée. Je le prépare depuis des années, bien sûr, mais maintenant que c'est réel, je suis plus concrète : au-dessus de son lit, j'ai punaisé les photos de l'établissement dans l'ordre du parcours qu'il accomplira quotidiennement – « Ce genre de trucs pourrait te faire interner, tu sais », s'est moqué Ben –, et nous évoquons chaque jour un élément lié à l'école. Hier, Ben s'y est collé en montrant ses photos de classe, et aujourd'hui c'est un gros morceau : l'achat du cartable. J'ai tendance à faire une cérémonie de tout, alors le cartable, pensez, *it's a big deal !*

Après un petit déjeuner pantagruélique, direction le centre commercial pour les fournitures. Petite, j'adorais ça : l'odeur de neuf, les cahiers vierges, la perspective d'un renouveau… J'aurais pu porter un uniforme et me coucher tout habillée, cartable sur le dos, la veille de la rentrée.

— T'étais du style première de la classe, quoi, me taquine Ben.

À mon époque – mon Dieu, j'en suis à dire les choses ainsi ? –, il n'y avait pas beaucoup de choix : les cartables étaient tous les mêmes et remplissaient leur fonction de cartable. En arrivant au centre commercial, rayon rentrée scolaire, je constate à quel point les choses ont changé. César et moi nous retrouvons devant une multitude de sacs qui sont autant des supports marketing à la gloire de Disney ou de Marvel que des cartables. *Out*, l'image d'Épinal de mon enfance.

De tout ça, César se fout comme de l'an quarante, il est resté bloqué à l'entrée de l'allée, fasciné par d'affreuses peluches aux couleurs criardes et aux grands yeux démesurément hypnotiques, stratégiquement entreposées à cet endroit. Je sens que je suis bonne pour repartir avec une de ces horreurs et d'ailleurs, je lui en fourre une dans les bras sans qu'il demande rien, soucieuse de le garder de bonne humeur et d'obtenir si ce n'est son attention, au moins sa collaboration passive.

Mais lorsque j'arrive enfin à fixer son intérêt sur les cartables, je ne peux plus le déscotcher d'un modèle rose vif. Nous voilà bien. Je ne suis pas particulièrement attachée à ce genre de code couleur mais le cartable est fuchsia, avec de faux strass. Bref, non seulement il est « de fille », mais il est surtout de très mauvais goût ! César a des étoiles dans les yeux. Il va à nouveau falloir la jouer serré. Je l'oriente vers un autre rose qui tire sur l'orangé, puis un bleu violine… Rien n'y fait. Je ressens un désarroi profond, « un poil démesuré même », me dis-je quand les larmes me montent aux yeux. Je ne veux pas priver mon enfant du choix de son premier cartable et pourtant, l'adaptation risque d'être suffisamment difficile pour lui, débarquer avec un cartable de princesse pourrait encore compliquer les choses. Quoique… Ne vaudrait-il pas mieux qu'il soit stigmatisé comme « le garçon au cartable de princesse » plutôt que « le débilos » ? Car je ne doute pas que certains auront ce genre de mot.

Discrètement, je glisse quelques bonbons à l'intérieur du cartable orange.

— Oh, mais regarde ça, César !

Je joue faux, c'est terrible.

— Regarde ce qu'il y a à l'intérieur du cartable !

Bingo ! Ça marche. Il ne me reste plus qu'à planquer des bonbons dans le cartable toute l'année mais la virilité de mon fils est sauve – oui, ce type d'archaïsme n'est pas à mon honneur mais : d'un, j'ai d'autres chats à fouetter concernant César, et de deux, je doute que la réflexion sur le genre neutre ait porté jusqu'aux petites têtes de cette classe d'un quartier populaire.

Bref, mon fils a son cartable.

Jour J. J'essaie de contenir mes larmes mais j'ai triste mine. Aujourd'hui, des milliers de petits Français font leur rentrée scolaire. Mon garçon, lui, restera à la maison : la MDPH ne nous a toujours pas trouvé d'AVS. J'ai la notification, le papier disant qu'il y a droit et qu'un budget est prévu pour cela mais... pas d'auxiliaire.

— Je n'aurais jamais dû lui acheter toutes ces fournitures avant, ça nous a porté la poisse.

Je ravale un sanglot, Mathieu pose une main apaisante sur mon épaule et une tasse de café chaud devant moi. Je l'ai appelé au secours à peine levée, à l'heure où j'aurais dû préparer César pour ce grand jour. Celui-ci dormait encore, son cartable au pied du lit, et Ben était déjà parti pour le lycée. J'ai pris mon téléphone, fait défiler le répertoire jusqu'au numéro d'Éric... Mais il n'a quasiment pas pris César de l'été et on ne peut pas dire qu'il se montre curieux de savoir comment ça se passe pour lui. Pire, il tient des discours complètement défaitistes :

— Si tu penses qu'il peut aller à l'école... Essaie. Mais ne viens pas pleurer s'il se fait insulter.

Comme si je n'avais pas déjà suffisamment peur pour mon fils ! Alors j'ai continué jusqu'au numéro de Mathieu. Au son de ma voix, il a compris que ça n'allait pas. Vingt minutes plus tard, il sonnait à la porte, un sachet de chouquettes à la main.

— Ne dis pas de bêtises, il va les utiliser, ces fournitures.

Du salon nous parvient le bruit de la télévision. Les yeux encore embués de sommeil, indifférent au séisme que je ressens, César est devant des dessins animés. Je n'ai pas trouvé mieux comme plan B pour le moment.

— C'est moi ton plan B ! réplique Mathieu. On va faire des cupcakes pour ce soir. Laisse-moi juste le temps de passer à l'atelier chercher du matériel.

Son enthousiasme est contagieux. Associé au café et aux chouquettes, il me redonne confiance et courage. Une heure plus tard, tandis que César et lui mettent la cuisine sens dessus dessous, je refais mon répertoire pour contacter les associations environnantes. Je suis arc-boutée contre l'idée d'employer un AVS privé mais là, je n'ai pas le choix.

Je prends des jours de congé et je les y consacre, toute une semaine, à relancer, appeler, me déplacer en voiture pour passer au peigne fin les moindres possibilités de trouver quelqu'un. Dans ma ville et aux alentours. Je vais dans des structures spécialisées, comme P'tit à P'tit. Mais, tout comme nous, ils n'ont déjà pas assez de bras. Alors j'essaie des agences d'aide à la personne, des boîtes d'intérim. Une fois, je fais même le pied de grue devant Pôle emploi mais je n'ose pas apostropher les gens.

« Contacte les médias », m'écrit Ellen lors de l'un de nos échanges. À quoi bon ? Il y en a déjà eu tant, des articles, des témoignages, des statistiques sur le manque criant d'AVS. Et déjà tant, aussi, de promesses des politiques. « On va augmenter les effectifs, on va les former ! » Paroles, paroles... Dans les faits, en cette rentrée, des milliers d'enfants comme César sont laissés sur le carreau.

Tous ces états d'âme, je m'en fais l'écho sur les réseaux sociaux. Ce n'est pas original ni nouveau, voilà longtemps que je me sers de ce canal pour m'exprimer. Au début, j'étais réticente à l'idée de dévoiler ma vie et celle de mon fils qui n'a rien demandé. Mais j'ai vite compris quelle formidable caisse de résonance ce pouvait être. Pas seulement pour César, mais pour la cause de l'autisme. Alors, depuis un moment déjà, je poste des vidéos témoignant de ses progrès, j'écris des textes qui me permettent d'exorciser mes peurs en y mettant distance et humour. Je rends visible l'indicible. Je ne suis pas la seule, nous sommes un paquet. Et, comme au sein de la structure, cela abolit les barrières, tisse des liens. Je ne pensais pas trouver autant de réconfort dans les commentaires d'inconnus. Là encore, comme avec son « équipe soignante », j'ai l'impression de réunir des gens autour de mon fils, de le rendre aimable, et ça me rassure. Avec les parents de P'tit à P'tit, nous avons aussi créé une page Facebook dédiée. La page fédérant un nombre conséquent d'« amis », nul doute que cela a joué en notre faveur quand il s'est agi de demander des aides de l'État.

Quand Ellen me suggère de « mettre un petit coup de pression », je ne me tourne donc pas vers les médias classiques mais je publie un post. Oh, rien d'inouï : une photo de mon petit tenant un panneau expliquant sa situation, les difficultés pour le scolariser et trouver un AVS malgré l'accord que nous avons obtenu. Je récolte des milliers de like. Peut-être que ça ne m'aidera pas à atteindre mon but mais qu'importe : je me sens moins seule.

Pour être honnête, seule, je ne le suis pourtant pas : pendant toute cette semaine, Mathieu fait le baby-sitter chaque fois qu'il est disponible et que César n'est pas à P'tit à P'tit. On se répartit les tâches en belle équipe soudée, avec le secours de Ben. « Comme une famille », me dis-je un matin. Mais c'est là que le bât blesse. Mathieu est si disponible et j'ai de plus en plus la sensation d'en profiter. Il va finir par se lasser. Qui ne se lasserait pas de cette situation qui dure sans que ni lui, ni moi surtout, ne sachions où cela va nous mener ?

Ces questions me minent mais je ne trouve pas le temps de me poser pour y réfléchir sereinement. L'essentiel, c'est César, et auprès de lui, j'essaie de faire bonne figure. Pour lui, rien n'a changé. Il continue d'aller à P'tit à P'tit le matin. L'après-midi, entre deux rendez-vous, Mathieu,

Ben ou moi assurons l'enseignement du début du programme. J'ai expliqué au mieux la situation à mon fils, sans lui mentir : il est possible que cette année il n'aille pas à l'école...

— Mais je garde le cartable ! a-t-il répondu dans ce qui m'a semblé être un cri du cœur.

J'ai hésité entre le rire et les larmes.

L'avenir semble bouché lorsque, dix jours et une dizaine de coups de fil à la MDPH plus tard, la situation se débloque enfin. C'est le directeur de l'école qui me prévient.

— Vous avez reçu le courrier de la MDPH ?

— Quel courrier ?

— Concernant l'AVS, c'est bon, ils en ont trouvé un.

Je crois bien avoir lancé des « youyous » tellement j'étais en joie. Heureuse, aussi, que ce soit l'école qui me prévienne directement. Cela m'a touchée, j'ai eu la sensation qu'on formait une équipe, que César était attendu. Le lendemain matin néanmoins, je n'en mène pas large en arrivant devant l'école, une heure avant l'ouverture des portes. J'ai bien expliqué la situation à César mais c'est un sacré coup de poker que nous jouons là : le laisser de manière aussi précipitée dans un environnement à peine familier (fera-t-il seulement le lien avec la fête de l'école et les photos ?), entouré d'enfants et aux mains d'un inconnu... En y pensant, je suis prête à faire demi-tour mais un grand balèze attend sur le trottoir, se balançant d'un pied sur l'autre, l'air un peu angoissé lui aussi. « Mon *deus ex machina* », me dis-je. L'AVS, quoi.

C'est ainsi qu'un nouvel homme entre dans notre vie : Rédoine. Un mètre quatre-vingt-dix au bas mot, armoire à glace, chaque main aussi grande que le cartable de mon fils et un sourire d'enfant.

— Je n'ai jamais fait ça, vous savez, m'avoue-t-il une fois que le directeur nous a brièvement reçus.

Ce n'est pas le moment de flancher ni de me dire ça ! La cloche est sur le point de sonner, une horde d'enfants a pénétré dans la cour en braillant, César est occupé à compter je ne sais quoi, en tout cas, il dresse un par un les doigts de sa main dans un mouvement continu et vif.

— Ça va bien se passer, affirmé-je à Rédoine.

Mais ma voix n'est pas très assurée et lorsque les portes se ferment, je crains de défaillir. Incapable de faire quoi que ce soit, mal au ventre et cœur serré, j'attends au café du coin. J'enchaîne les expressos et les prières. Je me bats pour ce jour depuis si longtemps, j'aurais aimé que les conditions soient meilleures ! J'ai peur, César ne connaît pas Rédoine, Rédoine ne connaît rien à l'autisme, et j'en veux à l'univers de me gâcher ce moment qui n'aurait dû être que joie.

C'est donc fébrile et pleine de caféine que je récupère César à 11 h 30. Sa mine est placide et il est entier. Rédoine aussi.

— Ça va le faire, c'est un super bonhomme que vous avez là, me dit-il.

Pour un peu, je lui sauterais au cou.

— Vraiment ? Il s'est comporté… normalement ?

Rédoine rougit.

— Il a bien mis quelques pages de son cahier en miettes mais tout va bien…

Je réprime un sourire. Si ce n'est que ça…

Il est convenu que César fasse deux matinées par semaine pour commencer, aussi avons-nous l'après-midi libre. J'envisageais d'en profiter pour mettre Rédoine au fait de la situation.

— Vous avez un peu de temps ? Qu'on parle un peu du handicap de César ?

— Maintenant non, mais je peux vous appeler en fin de journée.

— Ou alors…

— Ou alors ?

— Vous seriez libre pour passer à l'association que j'ai créée ? Vous rencontreriez des professionnels qui vous en parleraient mieux que moi.

Je sens qu'il tique un peu et j'ai peur d'avoir abusé. Je ne suis déjà même pas censée parler avec lui, c'est normalement l'enseignante qui doit faire le lien entre nous.

— Demain plutôt ?

Cette fois-ci je n'hésite plus, je lui saute au cou.

Le lendemain, je lui fais faire le tour de P'tit à P'tit, lui présente Céline et Stéphane, les éducateurs, qui nous sortent le matériel éducatif. Je lui explique dans les grandes lignes les bases de nos méthodes, ce qui fonctionne avec César et comment il a évolué mois après mois. Rédoine est réceptif, je sens qu'il a envie d'apprendre. De son côté, César, sûrement impressionné par le gaillard, le détaille avec beaucoup d'attention. Je passe en revue les différentes méthodes qui ont fait leurs preuves dans le monde, Teacch, ABA, Makaton, Pecs... Des méthodes que l'on apprend en plusieurs années et que je vulgarise pour Rédoine, genre l'autisme pour les nuls.

Je lui explique aussi les systèmes d'économie de jetons, comment on valorise les efforts tout au long de la journée à travers des récompenses que l'enfant a lui-même choisies par avance. Pour ceux qui trouveraient déplacé le retour aux bons points, je rappelle que la vie est remplie de récompenses et de punitions, on y est soumis tous les jours. À force d'enlever les récompenses, il ne reste plus que les punitions. Les enfants autistes ont tellement besoin d'encouragements que je mesure à quel point notre société en est dépourvue. Alors allons-y, valorisons ce qui est beau, ce qui est réussi, ce qui fait avancer les choses, c'est tellement plus agréable de vivre en regardant le verre à moitié plein.

— C'est un peu comme les like sur les réseaux sociaux, quoi, tout le monde cherche que ça ! conclut Rédoine.

— Voilà, vous avez bien résumé ! Je sens qu'on va faire du bon travail !

L'année démarre donc avec un peu de retard et un planning au pas de charge. On jongle entre quelques heures à l'école et quelques autres à P'tit à P'tit. César, tout en étant un peu partout, n'est pas vraiment quelque part mais moi je suis toute à lui. Je fais le chauffeur et j'assure la logistique. Je sens que ça commence à coincer un peu au travail. L'étude a été reprise par un notaire dont l'ambition se passerait volontiers d'une salariée mère *et* mère d'un enfant handicapé. De l'ambition, j'aimerais pouvoir me permettre d'en avoir moi aussi. Je caresse l'idée de trouver un autre poste, de reprendre un troisième cycle par correspondance afin de prétendre à mieux. Mais où trouver le temps ? Je n'arrive pas à prendre une minute pour moi. Je suis tellement crevée le soir que je décommande deux dîners avec Mathieu. Pas refroidi, il s'invite de temps en temps à la maison et se met aux fourneaux. J'apprécie – sa présence, ses petits plats, son soutien – mais je le dirige gentiment vers la porte après chaque dîner. Pas question qu'il dorme à la maison, je suis mal à l'aise à cette idée. Cet appartement, c'est mon territoire, celui d'une mère célibataire, d'une femme qui a su prendre sa vie en main et mettre ses garçons à l'abri. Mathieu me dit comprendre… Mais jusqu'à quand ? La question me taraude. Pour le moment, baisers fougueux et caresses volées mis à part, notre relation est chaste. Je ne peux pas donner plus, je suis concentrée sur l'école et sur l'apprentissage de Rédoine. Tant pis si le reste capote. L'enjeu est trop important à mes yeux.

Rédoine, qui ne connaissait rien aux enfants autistes, est véritablement en train de s'imprégner du sujet. Il s'intéresse, lit, regarde des films, analyse et me pose beaucoup de questions. Il me parle déjà de stages et de formations qu'il a repérés sur le Net. Il se passionne pour ce qui a trait à la psychologie cognitive, le lien avec notre environnement, la façon dont nous recevons l'information et comment nous la traitons. Il m'explique avec enthousiasme le rapport entre le développement de l'intelligence artificielle et l'étude du comportement au bénéfice des enfants autistes. Je l'observe découvrir avec enthousiasme des méthodes qui symbolisent pour moi des années de combat. Ces pratiques dont l'efficacité est fantastique pour les enfants autistes mais qui sont systématiquement détruites par le corps médical français, trop attaché à de vieux concepts psychanalytiques. Il aura donc fallu se battre dans un climat de défiance entraînant une quasi-clandestinité pour ramener de l'étranger ces techniques qui marchent et qui sauvent. Que d'années de souffrances pour rien, pour satisfaire la vanité de quelques professeurs plus soucieux de remplir les hôpitaux psychiatriques que de les vider.

Alors, quand je vois Rédoine s'intéresser à cette nouvelle génération d'éducateurs qui utilisent toute une palette d'outils thérapeutiques pour sauver des enfants, je me dis qu'il mérite d'être aidé et que je veux bien faire partie de ceux sur qui il peut compter. C'est drôle que ce grand gabarit se tourne vers l'apprentissage de la psychologie enfantine. Il n'a pas le profil habituel mais c'est tant mieux, je préfère quand on déroge à la règle. Il vient d'un quartier difficile avec un passé personnel compliqué et manifeste une soif de savoir qui témoigne de son envie de s'en sortir. J'ai d'autant plus à cœur de l'accompagner qu'il a réussi à se connecter à César et que cela semble faire beaucoup de bien à ce dernier. Voir la petite main de mon fils dans la sienne m'émeut, j'ai l'impression qu'il ne peut rien lui arriver lorsque je le laisse devant l'école et que Rédoine prend le relais.

Seule devant la glace, je m'entraîne :

— Tu comptes beaucoup pour moi...

Mouais... Ça fait un peu « tu comptes beaucoup mais restons copains ». Ou alors au contraire c'est trop solennel. Mathieu n'a pas l'air d'être du genre à flipper mais par « Tu comptes beaucoup pour moi », il peut comprendre : « Épouse-moi, adopte mes enfants et fais-m'en un autre ! » Certains s'imaginent être tellement indispensables... Je lève les yeux au ciel. Mais lui, on dirait qu'il est en passe de le devenir, non ? Il me plaît, c'est vrai.

Je soupire de nouveau, passe un peu de gloss sur mes lèvres, me pince les joues pour y faire affluer un peu de couleur – ça ne marche jamais ce truc-là, seulement dans les films. Est-ce que j'y vais ?

Hier, Mathieu est une fois encore venu dîner avec les enfants et moi. En partant, il m'a proposé un week-end. « Tous les deux », a-t-il précisé, son regard droit dans le mien. Il y a eu comme un peu plus de testostérone dans l'air...

Je soupire. Mais si ça se passe mal ? Un week-end ce n'est pas une soirée, c'est un test.

— Ça fait longtemps que je n'ai pas...

Oh là là, non. Non, non, non, tu ne peux pas lui avouer ça. Cette fois-ci, pas besoin de me pincer les joues pour rougir. Tu vas lui dire que c'est trop compliqué avec César. Voilà, c'est ça. Oui mais alors, ça aussi ça peut le faire fuir. Si c'est trop compliqué de faire garder ton fils pour un week-end, ça ne présage rien de bon pour l'avenir. Non, vas-y.

Mais je me traîne bien trois kilos de trop. Et ces cheveux, misère, que faire de ces cheveux ! Je penche la tête pour donner de vigoureux coups de brosse.

— Je n'aurai qu'à éteindre la lumière...

Je l'ai dit à voix haute et en relevant la tête d'un coup, je croise le regard mi-éberlué mi-amusé de Ben.

— Ça va, maman ? Tu parles toute seule ? Un truc à dire peut-être ?

Un truc à dire ? Si tu savais, mon fils ! Je suis seule depuis tellement longtemps. La quarantaine approchant, un ado et un autiste à la maison, l'équation n'est pas vraiment de celles qui attirent les mecs. Jusque-là, on ne peut pas dire que j'en souffrais, je n'y pensais même pas ou alors seulement en termes de modèle masculin pour vous, les garçons. J'aurais aimé que vos pères respectifs soient présents, leur absence est aussi mon échec.

Mais là, cet homme, il me plaît. Pour vous, pour moi. Alors oui, il y a un sacré paquet de choses à dire. Mais là, c'est toi qui rougirais. Je lâche :

— Non non, rien.

— Ça fait une heure que tu es dans la salle de bains. T'es amoureuse ou quoi ?

— Ça va pas, non !

Mais je sens bien qu'il y a un peu de ça, que je n'en suis pas loin... Et j'ai peur, terriblement peur. Que l'alchimie ne prenne pas entre nos corps ou que ça prenne trop bien justement mais que l'histoire capote. Comme avec Damien, comme avec Éric. Et cette fois-ci, je ne suis pas certaine de pouvoir m'en relever. Alors non, je n'irai pas.

« Je suis à la sortie de l'école et j'attends mon fils. Je suis à la sortie de l'école et j'attends mon fils… » Je me répète cette phrase en boucle pour savourer tout le plaisir que cette situation me procure. J'y suis vraiment, c'est bien réel. Je suis appuyée contre la barrière qui protège les écoliers de la route, comme les autres mères. Je suis là, à attendre sur le trottoir, « à l'heure des mamans », un pain au chocolat dans la main. Attendre la sonnerie, faire un détour à la boulangerie pour acheter le goûter… Ces plaisirs simples, combien de fois en ai-je rêvé ? Combien de fois me suis-je battue, combien d'heures d'apprentissage pour être appuyée sur cette barrière métallique ?

La rentrée a eu lieu il y a un peu plus d'un mois et il n'y a eu aucune crise. César a bien provoqué quelques remous en se levant de manière inopinée (« Mais il n'est pas le seul », me rassure Rédoine), en tentant de déchirer quelques cahiers (« Là c'est plus embêtant mais je l'ai arrêté avant qu'il en fasse des confettis ») ou en poussant parfois quelques cris, mais il n'y a pas eu de coups ni de grosse colère. Depuis quelques jours, nous sommes même passés à deux journées pleines, à l'initiative du directeur.

Je ne peux réprimer un sourire béat. Il y a quatre ans, César se tapait la tête contre les murs, ne parlait pas et n'acceptait aucun aliment hormis un lait de croissance bien spécifique. Aujourd'hui, il participe au grand rêve de Jules Ferry ! Son grand-père serait tellement fier ! Quel chemin parcouru en si peu de temps.

La grande porte en bois s'ouvre sur les plus petits. Ils ont les bras chargés de grosses maquettes en papier représentant des châteaux. Cachés par leurs œuvres qui finiront pleines de poussière sur une étagère, ils n'osent pas avancer alors que les autres classes poussent déjà derrière et que les mamans s'avancent pour retrouver leur progéniture.

Au milieu de cette pagaille, je cherche César des yeux, un peu inquiète que pareille foule ne lui fasse peur. Je suis sauvée par le grand gabarit de Rédoine qui s'impose au milieu de cette jungle d'enfants. Il tient César par la main, son visage est fermé.

— Bonjour Laura. Écoutez... je suis désolé mais il y a eu un problème tout à l'heure, le directeur veut vous parler.

Évidemment, c'était trop beau. Tout marchait comme sur des roulettes, j'avais juste oublié que rien ne peut être simple pour César, qu'un jour ne ressemble jamais au précédent. Que *moi* je suis tenue à ce que les jours se ressemblent pour le rassurer mais que *lui* ne réagit jamais pareil. J'attends que le flot d'enfants se tarisse et je pénètre dans l'établissement la mort dans l'âme. J'effleure la joue de César comme pour lui dire que ce n'est pas grave. Mais égoïstement, je voulais vivre un peu de normalité...

Assis à son bureau, le directeur se tortille les mains, l'air gêné. Il prend une grande inspiration et se lance.

— Peut-être que c'est trop dur pour César et qu'il faut reconsidérer vos objectifs.

Dans l'après-midi, à l'heure de remonter en classe après la récréation, César a eu une crise. Dans l'escalier, tous les élèves ont assisté à la scène, impressionnés. Rédoine, désarmé, ne trouvait pas de solutions, et pour cause, il n'y en avait pas. Ou plutôt si : faire une extinction. C'est-à-dire ne pas réagir à ce que fait l'enfant afin de « tuer dans l'œuf » son comportement inadapté. C'est simple en théorie mais parfois très compliqué à appliquer. Dans le fond, tous les parents connaissent des moments similaires en public : votre enfant teste son pouvoir et s'il sent que vous êtes vulnérable, que vous pouvez céder, il n'hésitera pas à vous mettre dans les pires difficultés. Feindre l'indifférence est usant pour les nerfs mais c'est un moyen de s'en sortir.

Eh bien un enfant autiste, c'est un peu comme si vous preniez le pire des enfants capricieux et que vous tourniez le bouton à pleine puissance. Sauf que l'autiste n'a pas la mesure de ce qui ne se fait pas. Sa sensibilité extrême engendre des frayeurs extrêmes, mais il ne faut pas céder. Le seul moyen de l'aider à surmonter ces épreuves émotionnelles est de ne pas les renforcer en s'y impliquant. Cela peut paraître dur et parfois indécent mais l'une des méthodes pour éviter les mauvais comportements est de « couper la relation », de ne pas regarder ni y prêter attention. *A contrario,* il est essentiel de renforcer les bons comportements en lui accordant alors un moment avec ceux qu'il aime.

C'est ce que j'ai pris le temps d'apprendre à Rédoine et il a tenté de l'appliquer dans l'escalier. Mais devant la violence de la crise de César, c'est tout l'établissement qui s'est mobilisé. Impossible de le laisser ainsi devant des élèves secoués par la vision de ce corps révulsé et de ces cris déchaînés. Les adultes s'y sont donc mis à plusieurs pour l'attraper et le déplacer dans un endroit plus calme, une salle vide où Rédoine est resté avec lui à attendre qu'il se calme. Il ne m'a pas appelée car il a senti qu'il pouvait y arriver tout seul, ce qui prouve que ce garçon a vraiment des qualités, mais la direction de l'école est plus fragile. Directeur et enseignants ont été impressionnés et je les comprends, je le suis moi-même quand cela arrive. J'abonde donc dans son sens :

— Je comprends que vous ne vouliez plus revivre un moment comme celui-là et je suis terriblement ennuyée pour les autres élèves. Mais ce genre de crise est très rare ! D'ailleurs, depuis le début de l'année tout se passe plutôt bien.

— Écoutez, je n'en suis pas à vous diriger vers un établissement spécialisé mais il faut que vous compreniez que ma mission n'est pas de m'occuper d'enfants handicapés. Je pense qu'il faut que nous revenions à deux matinées par semaine.

— Quatre matinées par semaine alors. C'est à cause des journées complètes que César a craqué.

Même si ce n'est que deux jours par semaine, c'est difficile pour lui. Faites-moi confiance, allons sur les matinées, il va y arriver.

— Il faut que j'en parle avec les personnes concernées.

Il se dirige vers la porte, coupant ainsi court à la conversation, et je sors, tête basse. Pour la première fois depuis longtemps, je n'ai pas de réponse immédiate, je ne trouve pas la ressource pour avoir le dernier mot. César est dans le préau, à jouer avec de la pâte à modeler sur une table, sous la surveillance bienveillante de Rédoine. De nouveau calme, comme si de rien n'était. Dans ma main, le sachet de la boulangerie est tout écrasé, le pain au chocolat, émietté.

S'ensuivent deux semaines difficiles durant lesquelles j'emmène César à l'école la boule au ventre, craignant une nouvelle crise de sa part et m'attendant tous les matins à ce que le directeur nous ferme la porte au nez. Il est repassé à deux matinées par semaine mais je continue à militer pour quatre.

Je suis à fleur de peau et tout me heurte. Ainsi ce matin où je suis installée sur un banc dans un parc, à surveiller César qui joue (sans éviter, ô surprise, de marcher dans l'herbe, ce qui atténue ma morosité). D'abord je le vois, comme souvent, traîner autour d'une trottinette négligemment abandonnée au pied d'un arbre. Tous les enfants font de la trottinette, pas César. Il n'y arrive pas. Il a essayé à plusieurs reprises mais cela demeure un exercice complexe qu'il ne parvient pas à exécuter, rien n'y fait. Alors il rôde autour de l'engin, l'air de celui que ça n'intéresse pas – on fait tous ainsi, n'est-ce pas ? Mais moi, je sais ce qui se joue. J'hésite un instant mais je ne me lèverai pas pour lui proposer de l'aider. Mon rôle est d'identifier les obstacles à sa mesure et il ne faut pas que je me loupe : chaque victoire est une promesse qui nous entraîne vers la prochaine épreuve mais les échecs nous font reculer d'autant plus. Alors je mesure la valeur de son envie et je vois si c'est le bon timing pour prendre le risque. En l'occurrence, quelque chose me dit que c'est le moment, mais les derniers événements me font douter de mes intuitions. Si je ne suis plus capable de sentir ce qui est bon pour mon fils, d'en avoir *l'intime conviction*, qui le sera ?

J'en suis là de mes pensées quand débarque à grands cris un groupe de garçons plus ou moins du même âge que César. Immédiatement, celui-ci délaisse la trottinette et les rejoint en gambadant. Ça ne paraît rien mais c'est énorme pour moi, pour lui. Il y a quelques mois encore, il serait resté dans son coin, au mieux sans faire attention à eux, au pire en faisant une crise, gêné par leur présence. Avec l'école, il a pris goût aux autres, aux enfants avec qui il passe de plus en plus de temps. Il échange, participe et prend un plaisir grandissant aux interactions sociales.

Ils semblent jouer à chat perché et les premières minutes, César suit le mouvement. Mais très vite, je comprends que ça ne va pas, qu'il se fait rejeter. Sans réfléchir ni regarder si les parents sont dans les parages, je me lève et me dirige vers le groupe. Me voyant arriver, César tend la paume de sa main en avant pour m'arrêter et crie, la voix dans les aigus :

— Non, non maman, non !

Il sait bien que quelque chose cloche et sans doute a-t-il peur que je ne lui demande de ne plus jouer avec les autres – ou alors veut-il régler le problème tout seul. Mais je ne l'écoute pas, je ne peux pas : j'en suis à un moment où j'ai perdu confiance. Alors, doctement, essayant de contenir ma colère, j'explique au petit groupe que César est juste différent, que cette différence ne doit pas l'exclure, qu'ils ont certainement à y gagner. Les enfants m'écoutent et je décide de nous accorder une chance à tous.

Sur mon banc, je m'enorgueillis en voyant que le jeu reprend. Cinq minutes passent… et je comprends avec effroi qu'en fait ils ne jouent plus du tout à chat, que le jeu est plutôt de fuir César tout en se moquant de lui. L'intéressé semble s'accrocher. Avec sa manière bien à lui de communiquer, il tente de s'imposer mais il utilise le langage dans le désordre. Même si le ton est juste, les mots sont en vrac. C'est l'énergie qu'il y met qui donne le sens. Les gens qui l'aiment y sont habitués mais ces enfants qui ont été éduqués dans la rationalité ne tolèrent pas cette singularité. Ils prennent du plaisir à être cruels. Plus César les appelle, leur parle et veut être accepté, plus ils le fuient.

Je ne peux intervenir une seconde fois. César ne le permettrait pas et je ne veux pas ajouter une crise en public à son désarroi. Je me contente de rester vigilante, attentive à ce qu'ils ne lui fassent pas de mal, et j'attends qu'il se lasse. Mais ça mouline dans ma tête : est-ce que ça se passe ainsi dans la cour de récréation ? Et qu'arrivera-t-il à l'avenir dans tous ces endroits où je ne pourrai pas le défendre ? Il faut que César découvre la nature humaine pour savoir s'en protéger, qu'il apprenne pour arriver à discerner tout seul qui mérite son attention et son amour.

Mais que c'est dur ! Figée sur mon banc, je vois ses yeux se remplir de larmes. Puis à bout de solutions, il cède, revient vers moi. Je le prends dans mes bras, lui dis que je l'aime et à quel point il est un garçon formidable. Je lui dis aussi que ces enfants n'en valent pas la peine et qu'ils sont bêtes. Et là... Là César me regarde l'air de ne pas comprendre et me réplique :

— Non, ils ne sont pas bêtes.

Nous partons et, au moment de franchir la grille, il se retourne et lance un sincère et tonitruant :

— Salut les copains !

À leur bêtise et leur méchanceté, il oppose son enthousiasme et sa détermination. Quoi qu'il arrive, il a décidé de se faire accepter... Donc il y arrivera. Alors je ne doute plus : sa place est à l'école. Quels que soient les coups, cet enfant saura se relever. Le combat reprend.

J'ai gagné ! Nous sommes fin octobre, César est scolarisé quatre matinées par semaine et cela lui convient parfaitement. Il a déjà fait d'énormes progrès. Par mimétisme, il a développé le langage, les échanges sociaux, l'apprentissage et la confiance en lui. Pas question de s'arrêter en si bon chemin : comme tout gamin qui se respecte, il aura droit à son activité ! Il est déjà bien surchargé avec ses séances d'orthophonie, d'ergothérapeute, de kiné... Mais ce n'est pas une raison pour le priver d'un loisir extrascolaire « normal ». J'hésite un moment entre musique, dessin et chorale et finis par l'inscrire dans un cours de gymnastique. Depuis qu'il a appris à faire la galipette à l'école, il se roule par terre à la moindre occasion. J'ai la chance de tomber sur un professeur très sympa qui passe plus de temps à canaliser les enfants qu'à chercher à en faire des champions. D'origine indienne, il s'appelle Marendra et c'est amusant de le voir se débattre avec son accent quand il essaie de mettre un peu d'autorité dans son cours.

La première fois, Marendra est arrivé en retard et je n'ai pas eu le temps de lui parler de César et de sa « différence ». Celui-ci tournoyait dans tous les sens quand le cours a démarré. Marendra l'a invité à se regrouper avec les autres mais il l'ignorait superbement, continuant à enchaîner les galipettes un peu partout, visiblement emballé par le confort du tapis de sol. Parquée derrière la vitre avec d'autres parents, je ne pouvais pas intervenir et j'observais avec inquiétude le visage de ses camarades, qui semblaient fascinés.

Je voyais le truc venir et ça n'a pas manqué : très vite, quelques gamins ont suivi son exemple, s'affranchissant joyeusement de l'autorité. Un blondinet à qui on aurait donné le bon Dieu sans confession a commencé à jouer avec l'interrupteur, plongeant la salle dans le noir par intermittence ; un quatuor de fillettes s'est mis à shooter dans d'énormes ballons qui servent d'ordinaire aux exercices d'assouplissement ; deux petits ont entrepris de crapahuter sur le mur d'escalade... Marendra gardait son calme, et pourtant plus il tentait de maîtriser son cours, plus celui-ci lui échappait. La lumière clignotait, les ballons fusaient... Et au milieu de ce jeu de quilles, échappant à toute règle rationnelle, César faisait joyeusement ses roulades, devenant le symbole de cette révolte enfantine. Marendra a balayé du regard l'assistance des parents inquiets. J'ai compris qu'il cherchait les géniteurs du fauteur de troubles et je me suis précipitée dans la salle.

— Oui, excusez-moi, je n'ai pas eu le temps de vous prévenir. C'est mon fils, il est différent.

— Oui, j'avais fini par deviner.

— Si c'est trop compliqué, je comprendrais que ce ne soit pas possible.

— Non, non, les gens différents ont le droit de venir dans mon cours.

Dans sa bouche, le mot « différents » revêtait un sens tout autre que celui qu'on lui accorde habituellement, quelque chose de bien plus profond, bien moins stigmatisant et qui appelle au respect. Une fois encore, j'ai pensé que c'était souvent auprès des gens d'origine étrangère ou issus des classes populaires que je trouvais le plus de bienveillance concernant César. Le cours en question a lieu dans une structure associative de l'un des quartiers les plus mixtes de la ville, socialement et culturellement. Auparavant, j'avais essayé de l'inscrire à un atelier cirque non loin de la maison où nous vivions avec Éric – toutes ces années où, envieuse et fascinée, je regardais les mères emmener leur progéniture au cours le mercredi... Je m'étais dit : « Cette fois-ci, c'est mon tour. » Mais l'animatrice n'avait même pas pris la peine de voir comment s'en sortait César, elle m'avait renvoyée dans les cordes, objectant qu'ils manquaient de moyens humains pour gérer les enfants qui, je cite, « n'ont pas un comportement adapté ». Alors je ne veux pas faire de généralités, ce n'est certainement pas si manichéen, mais il n'empêche : je ne suis jamais aussi bien accueillie avec mon fils que dans ce quartier où l'on retrouve tous ceux qui sont mis hors compétition par la vie, ceux qui doivent se débrouiller. C'est ça, la vraie différence. Et je découvre tous les jours à quel point César en fait partie.

La météo du week-end s'annonce grise. Je compte en profiter pour finaliser quelques CV et une lettre de motivation. L'équilibre que j'ai réussi à installer pour le moment me fait dire qu'il est temps de me lancer. J'ai besoin de m'affirmer dans une vie professionnelle plus stimulante et surtout de me donner un objectif intellectuel. J'ai affiné mon projet de reprendre les études à distance : je songe à un troisième cycle en droit pour postuler à des emplois plus intéressants. Presque quarante ans, deux enfants dont un autiste : l'embauche va être rude, mais ça ne me refroidit pas ! Ma démarche provoque l'admiration de Ben. Mais je n'ai pas le temps de me mettre au travail que Mathieu me téléphone.

— Prépare ton sac, il y a une tempête qui s'annonce. On va admirer les vagues se fracasser sur les digues bretonnes. On se retrouve dans une heure chez toi.

Un silence et il ajoute, d'un ton gentil mais ferme :

— C'est pas négociable.

Je souris. Les papillons me reprennent... Et voilà, nous y sommes, il passe à la vitesse supérieure. Faire garder César au débotté risque de ne pas être chose facile et je ne sais pas si je suis prête, mais il s'est décidé à prendre les choses en main et je crois que j'aime ça. Une tempête... Quelle belle excuse pour rentrer trempés, se précipiter dans un bain chaud et faire des câlins sous la couette.

Je compose le numéro de Fred et Eva qui, ô soulagement, sont libres et se font une joie d'accueillir César, comme chaque fois. Ben, lui, est chez son père pour les vacances de la Toussaint. Je n'ai pas d'excuses.

Me voilà sur le pas de la porte avec un sac gros comme trois valises. Je ne savais pas quoi prendre, alors j'ai tout pris. Et encore, j'ai l'impression d'avoir oublié quelque chose. J'entends un bruit dans l'escalier. C'est lui, il apparaît et je souris. Il attrape mes sacs comme s'ils ne pesaient rien, m'embrasse tendrement et redescend déjà les marches quatre à quatre.

— Je suis mal garé, on fait vite.

Je saute dans la voiture, des bourrasques fouettent le pare-brise, le froid chasse les derniers passants qui bravent encore la pluie, on s'échappe rapidement de la ville. Je me régale d'être à ses côtés, au chaud dans cet habitacle protégé. J'observe ses gestes quand il conduit, tellement attentif et concentré. Ses mains posées sur le volant ne bougent que pour exécuter des mouvements doux et assurés. Je perçois toute la force de ce corps imposant et la tendresse émouvante qui s'en dégage. À ce moment précis, je me dis que je le suivrais au bout du monde s'il le voulait.

Quelques heures plus tard nous arrivons sur la presqu'île de Quiberon. La tempête est grandiose mais le spectacle n'est pas là, il est dans nos cœurs. Je n'ai pas eu le temps de poser mes sacs qu'il me renverse déjà sur le lit, attrape mon visage dans ses mains épaisses et m'embrasse avec désir. Il commence à dégrafer ma robe.

Dans la voiture, je n'en pouvais plus d'avoir envie de lui. À force de le regarder, je voulais sentir son corps, ses mains sur mes seins, sur mes hanches. Qu'elles saisissent mes fesses et m'emportent. Je voulais qu'il me possède totalement, avec toute la puissance de son être généreux. Et voilà que je m'abandonne à lui, qu'il est en moi et que nous ne sommes plus qu'un, un seul être de désir confondu et unique. Je sens les battements de son cœur sur ma poitrine, son souffle court, sa respiration saccadée. Mes dernières barrières viennent de tomber, je me perds dans un océan de plaisir, mon Dieu que cet homme est sensuel. Je suis ailleurs, je suis une autre. Et puis mes muscles se contractent, se tendent, ça vient de loin, de très loin. Tout mon être explose. La sensation est inouïe, je viens de jouir, tellement vite, tellement fort. Il me regarde, il me sourit, je sais qu'il m'aime.

Le reste du week-end est comme une chanson italienne qui parlerait de romance et de cœurs qui battent. Nous regardons les vagues se briser sur la digue en criant. Nous courons dans les rues étroites de la vieille ville, prenons un chocolat chaud au café du port et courons encore jusqu'à l'hôtel pour refaire l'amour.

Quand nous rentrons deux jours plus tard, je ne suis plus la même. Je suis une femme amoureuse.

Comme s'il avait développé un sixième sens qui l'aurait prévenu qu'un nouvel homme était entré dans ma vie, Éric me propose que nous passions le week-end suivant ensemble.

— Tous les quatre, comme avant.

Je suis tellement surprise que je n'ai pas le réflexe de lui faire remarquer que lorsque nous étions mariés ça ne s'est jamais produit, qu'il n'était pas davantage là le dimanche que le reste de la semaine. À la place, je décline gentiment.

— Mais César serait heureux de passer du temps avec toi. Tu verras, il a fait d'énormes progrès grâce à l'école.

Il balbutie quelque chose que je ne comprends pas. Je ne lui laisse pas le temps d'inventer une excuse et conclus :

— Très bien, on t'attend samedi matin, il sera prêt pour la journée.

Et je raccroche très vite.

Je n'en mène pourtant pas large lorsqu'il sonne à la maison pour récupérer le petit. Mathieu, qui ne devait faire que passer pour m'installer une étagère, a traîné un peu pour jouer avec César. Il y a un moment de flottement quand les deux hommes se retrouvent face à face. Le premier tiré à quatre épingles, gominé et embaumant l'after-shave, à l'étroit dans son slim et ses chaussures de ville ; le second à l'aise, enjoué et tendant une main franche, de la pâte à modeler plein les cheveux. Je bredouille :

— Mathieu, tu...

— Quoi ?

Il me regarde comme toujours les yeux remplis d'amour, la main encore dans celle d'Éric. Je souris, m'approche pour lui enlever l'objet du délit.

— César sans doute, dis-je.

Il comprend :

— Oh ! Oui, il a voulu me faire des gâteaux mais on n'avait pas le temps pour des vrais alors...

Puis, à l'adresse d'Éric :

— Je dois vous dire que votre fils est vraiment formidable. J'ai rarement vu un enfant avec une imagination aussi poétique.

— Euh, oui, merci.

— Bon, je vous avoue que des fois on se sert un peu de la tablette pour jouer ensemble.

— Je ne suis pas trop pour laisser les enfants devant les écrans, répond Éric, plein d'aplomb.

Je lève les yeux au ciel. Qu'est-ce qu'il ne faut pas entendre ! C'est sûr que c'est mieux de faire des tours de voiture à regarder le paysage défiler... Mais je ne dis rien : ce matin je suis neutre, je suis la Suisse. Mathieu, lui, a l'air sincèrement ennuyé.

— Ah oui, désolé, vous avez raison... Mais vous avez vu cette application éducative, FamilyWell ? Ça vient de sortir. Il faut regrouper des objets par famille. C'est vraiment bien pour César, il paraît que ça développe les compétences cognitives par la catégorisation et la conceptualisation. C'est pas mal, quand même, vous ne trouvez pas ?

— Oui, faut voir.

— On fait aussi des puzzles sur la tablette. Là, il est vraiment fort et il aime bien ça. Vous devez y jouer aussi ?

— Oui, oui, bien sûr.

Il est gonflé ! Mais je me retiens d'intervenir. La Suisse, je vous dis...

— J'ai trouvé un paquet d'applis intéressantes en échangeant avec des parents sur les forums. Mais excusez-moi, je suis bête, vous le savez mieux que moi. Pour moi c'est tout nouveau alors je suis très curieux. C'est dingue ce que l'informatique peut apporter.

— Oui, enfin...

— Non, vraiment, votre fils a des ressources insoupçonnées.

Silence en face. Mathieu, qui n'avait semble-t-il pas du tout senti le malaise (« cet homme est profondément bon », me dis-je), commence à saisir que son enthousiasme ne trouve pas d'écho. Et c'est un peu gêné qu'il s'esquive :

— Bon, je vous laisse. En tout cas ravi d'avoir échangé avec vous, c'était vraiment intéressant. Je vous souhaite un bon week-end.

Mais son naturel reprend vite le dessus et il lance, joyeux :

— Vous allez bien vous amuser tous les deux.

— Oui, oui.

Connaissant Éric, la pilule devrait avoir du mal à passer. Le petit coq se faisant balader par monsieur Gâteau et prenant une leçon de méthodes éducatives… Sûr qu'il est vert de rage et déteste Mathieu. Tant pis pour lui, c'est son problème.

— Qu'est-ce que tu dis ? s'enquiert Éric, légèrement tendu.

— Je n'ai rien dit.

— Ah bon, on aurait dit que tu parlais toute seule.

Pour masquer mon trouble (et, reconnaissons-le, ma joie), je le plante dans l'entrée sans même lui proposer ni de s'asseoir ni de boire quelque chose. Je reviens quelques minutes plus tard avec César.

— Voilà, il est prêt.

J'ajuste le col de sa chemise et ferme sa veste.

— Tu reviens dimanche soir, d'accord ?

— Non je reviens pas.

J'ai un coup au cœur.

— Comment ça, tu ne reviens pas ?

— César revient pas.

Éric, affolé, demande ce qu'il raconte. Je le fais taire d'une main. En silence, je scrute mon fils. Plus que d'autres enfants, César se décrypte à l'aide d'une grille de lecture sensorielle. Dans ses yeux, je lis tristesse et peur. J'ai un déclic : revenir suppose que l'on part… César ne veut pas *avoir à revenir* car César ne veut pas partir, CQFD. OK, j'ai compris, c'est la merde. Vite, vite, une solution.

— Tu vas t'amuser avec papa. Hein, Éric, vous allez vous amuser ? Vous allez écouter de la musique !

Éric me regarde, interloqué, et ça ne semble pas appâter César. Peut-être est-ce encore moi qui me suis monté la tête avec cette histoire de chansons.

— Et puis vous allez aller à la piscine !

C'est sorti tout seul... et ça marche ! César s'anime, s'emballe même :

— À la piscine, à la piscine.

— Oui, à la piscine. Je vais chercher ton maillot.

— Mais, mais...

Je ne laisse pas le temps à mon ex d'en placer une. Je me précipite pour ajouter les affaires de piscine dans le sac de César, fourre le tout dans les bras d'Éric et lance :

— Vous m'enverrez un selfie ?

Le père et le fils en slip, claquettes et bonnet de bain... Je me marre d'avance.

Un soir, au moment d'enfiler son pyjama, César décrète :

— Ce soir, pas de couche maman.

C'est la première fois qu'il en émet le désir et je sais ce que ça représente pour lui. Je sais que son naturel angoissé le ramène sans cesse à la peur de l'échec. Cet échec qu'il mesure tous les jours et qu'il esquive avec des stratégies bien rodées. Mais pas question de le freiner, alors j'acquiesce sans en faire toute une histoire, et le lendemain matin, comme ceux qui suivront, je me lève un peu plus tôt pour qu'il aille aux toilettes. Les accidents arrivant en fin de nuit, l'idée est de « court-circuiter » ce moment. Il est encore groggy mais je suis convaincue de l'emmener vers la victoire. Et de fait, il y arrive : quinze jours sans faire pipi au lit, quinze jours sans couche – mon portefeuille le ressent déjà, sérieusement, quel scandale le prix des couches !

Quinze jours donc... jusqu'à ce matin. Hier déjà, au moment d'éteindre la lumière, il m'avait semblé inquiet :

— Demain, je vais à l'école ?

— Oui, César, demain tu vas à l'école.

— Et jeudi je vais à l'école, vendredi je vais à l'école ?

— Oui, César, tu vas à l'école.

Une fois couché, il s'est relevé pour venir me poser les mêmes questions. Je sais qu'il a sans cesse besoin d'appréhender avec précision son environnement pour y trouver sa place aussi bien dans le temps que dans l'espace, mais il n'avait jamais posé cette question avec autant d'insistance. Sur le coup, je n'ai pas compris ce qu'il cherchait à me dire. C'est souvent le cas avec César, ou les autistes en général : si la perception de notre monde est différente, la façon de l'exprimer l'est aussi. Jusqu'à ce que :

— Je ne vais pas à P'tit à P'tit ?

— Non, maintenant tu vas à l'école César.

Et ce matin, devant ses draps mouillés, cela me semble clair. Hier, il y a eu une grève à l'école. César est resté avec moi et comme je devais me rendre à la structure, je l'ai emmené. Il n'y va plus depuis qu'il est passé à quatre matinées par semaine. Le travail avec sa psychologue et son orthophoniste a pris le relais et une jeune étudiante en thérapie comportementale vient l'aider à faire ses devoirs. C'est un coût supplémentaire pour moi mais c'est aussi une manière de lui montrer qu'il avance et puis, très concrètement, il fallait bien qu'il « laisse sa place » à l'association.

Bref, je ne l'ai pas compris sur le coup mais en vérité, il a très mal vécu ce moment, cette journée à P'tit à P'tit. Il a cru que l'école n'était pas quelque chose d'acquis et qu'à tout moment il pouvait retourner dans le passé. D'où ses questions. « Et je n'ai visiblement pas réussi à le rassurer », suis-je obligée de constater en changeant les draps.

Aujourd'hui, il se sent bien à l'école, il a des copains et il s'y amuse. Il passe désormais tout son temps avec des enfants « neurotypiques » et il apprécie leur compagnie comme eux apprécient la sienne. Il a été « adopté » par les autres, qui le considèrent comme un des leurs – Rédoine y est pour beaucoup. Retourner à la structure, c'est la possibilité que tout cela puisse s'arrêter. À P'tit à P'tit, certains poussent des cris, se jettent par terre ou parlent trop fort. César, qui a goûté à la normalité, n'apprécie plus les comportements inadaptés et incontrôlables. Maintenant, il en a même peur.

Heureuse de le voir développer de véritables interactions et des compétences sociales, soulagée de l'avoir compris, j'essaie tant bien que mal d'expliquer à mon fils qu'une rupture dans le quotidien ne veut pas dire la fin d'une habitude. Mais parfois, j'ai le sentiment de me battre contre un moulin à vent.

Noël approche et voilà bien longtemps que je ne l'ai pas envisagé avec autant de joie. En ville, les rues s'illuminent, vendeurs de marrons et de vin chaud ont pris leurs quartiers, les vitrines débordent de cadeaux en devenir. Nous partons acheter un sapin tous les quatre, Mathieu, les garçons et moi, et revenons avec le plus grand et le plus touffu – une folie, mais César n'en peut plus de bonheur et j'adore ça. L'arbre prend presque toute la place dans le salon, il faut déplacer des meubles, réagencer l'espace. Autour d'une brioche et d'un chocolat chaud, on s'attelle aux décorations tous ensemble. J'ai voulu mettre un CD de chants de Noël pour parfaire le tableau mais j'ai renoncé lorsque César s'est mis à chanter à tue-tête son titre du moment : « *Last Christmas, I gave you my heart* » – et je ne peux m'empêcher de penser que, décidément, son père aime bien George Michael.

C'est là, entre deux guirlandes, que Mathieu lâche :

— On pourrait prendre bien plus grand à deux.

Je manque de faire tomber la boule que j'étais en train d'accrocher. Il ne parle pas du sapin, je sais parfaitement à quoi il fait allusion. Il y a trois semaines, il a pour la première fois dormi à la maison – je me sens comme une gamine à dire cela ainsi. Et voilà quelques jours qu'il me fait des appels du pied pour que nous vivions ensemble. Pour tout dire, je ne l'exclus pas, tout en nourrissant une pointe de panique à l'idée des perspectives que cela pourrait ouvrir, des suites qu'une vie en commun pourrait entraîner.

Et pourtant : je commence tout juste à envisager l'avenir proche avec sérénité – l'avenir proche seulement, n'exagérons rien, ce n'est pas comme si je croyais que, d'un coup, mon fils était comme les autres –, et Mathieu y est pour beaucoup. Je vois à quel point sa présence dans nos vies fait du bien aux garçons, à Ben particulièrement. Sans doute cela le soulage-t-il de toute la pression qu'il s'était mise sur les épaules, il n'est plus le seul homme de la maison.

Et ce n'est pas seulement ça, c'est aussi que mon fils entre dans un âge où il est bon qu'un homme puisse répondre à certaines de ses questions – en tout cas, moi, je préfère qu'il ne me les pose pas, je sais, c'est bête, mais j'aime mieux ne pas savoir... Au pied du sapin, César ramasse les aiguilles une par une avec la pulpe de son index gauche. Et lui ? Qui lui répondra quand il aura des questions liées à la sexualité ? Quand j'y pense, je ne peux m'empêcher d'avoir peur : qu'il ne connaisse jamais le plaisir – je ne parle même pas d'amour –, qu'il fasse du mal sans le vouloir, qu'on l'abuse... On a tous ri à la scène de dépucelage de *Forrest Gump*, mais comment ça se passe, *en réalité* ? Sans aller jusque-là, il y a quelques jours, le pédiatre de César m'a dit qu'il faudrait qu'il se décalotte quotidiennement pour éviter des infections. Il m'a prescrit une crème qu'il doit appliquer pendant quinze jours. Elle est encore dans le sachet de la pharmacie. Je sais que je vais devoir expliquer à César comment faire mais… En fait non, je vais demander à Mathieu. Bien sûr il y a son père, mais ce n'est pas parce qu'il l'a pris un week-end qu'il faut considérer qu'il est complètement là. Alors un homme à mes côtés, au quotidien… Je ne dis pas non.

Voilà, je suis là, une guirlande dans la main, à penser au prépuce et au dépucelage de mon fils tandis que celui qui pourrait bien s'avérer être l'homme de ma vie fait sa demande – ou tout comme, on ne va pas chipoter. Toujours occupé à ramasser et organiser les aiguilles du sapin, César est passé à Mariah Carey, *All I Want for Christmas Is You*. Je préfère les goûts de Mathieu en matière de musique, il est temps qu'on fasse playlist commune… Oui, je suis là et je ris toute seule, je glousse comme une adolescente en vérité. Noël approche et il promet de compter parmi les plus beaux.

Et puis le lendemain, le ciel me tombe sur la tête.

— Comment ça, vous arrêtez de vous occuper de César ?

— Mon contrat se termine et sans contrat, je n'ai pas le droit de mettre les pieds dans l'école.

— Donc tout se termine comme ça ? Vous partez en milieu d'année, au moment où tout le monde trouvait sa place, où vous aviez compris comment il fonctionnait et où enfin il était scolarisé à temps complet ? On saccage ce qu'on vient d'accomplir, on s'arrête comme ça ?

— Je suis désolé, je trouve ça aussi dégueulasse que vous. Mais je ne peux rien faire.

Rédoine a les larmes aux yeux. Cette grande masse semble sur le point de pleurer. Vu l'investissement dont il a fait preuve, je ne suis pas étonnée. Cela me touche mais je suis moi-même trop abasourdie pour l'apprécier.

— Quelqu'un prend-il votre place ?

— Il n'y a rien de prévu.

— Le directeur est là ?

— Non, il est absent aujourd'hui.

« Le lâche », ne puis-je m'empêcher de penser.

— Et la maîtresse ?

— Déjà partie.

— Putain !

Quelques parents se retournent, choqués, mais je m'en contrefiche ! On m'avait prévenue, on m'avait bien dit que les contrats d'AVS étaient précaires, qu'ils ne couraient pas forcément sur une année scolaire entière. Mais je ne pensais pas que ce serait si brutal ! Dans quinze jours, ce sont les vacances de Noël, et à la rentrée, Rédoine ne sera plus là.

Je repars complètement sonnée. La main de mon petit amour dans la mienne, je marche sans me rendre compte de ce qu'il se passe autour de nous. Exactement comme le jour du diagnostic. Des gens nous bousculent, je n'y prends pas garde. Tout en moi s'effondre. Plus de forces, plus de raison, plus d'espoir. Je suis vaincue. Qu'est-ce que tu crois, ma pauvre fille ? Qu'on va accepter ton fils parce qu'il faut être gentil avec les handicapés ? Il n'a pas le niveau, c'est compliqué et ça coûte cher. Tu crois que la société est là pour faire des cadeaux, qu'il n'y a pas plus important à faire avec nos impôts que de s'entêter à scolariser un gosse qui de toute façon finira dans une maison d'accueil quelque part en Belgique ? Qu'est-ce que tu t'es imaginé ?

Je dérive dans les rues, perdue dans ces pensées sombres. Je m'en veux tellement d'y avoir cru. D'avoir rêvé un avenir. Pire : d'avoir fait miroiter un avenir à César. Il n'a rien demandé lui, et le voilà l'objet d'un système qui pourrait bien le broyer. À mes côtés, ignorant ce qui se joue, il sautille à cloche-pied, une jambe après l'autre, comme le font tous les enfants. Pas plus bizarre qu'un autre à cet instant-là. Tellement plus libre au fond. Je regarde ses petits yeux scruter les alentours, moitié inquiets, moitié rêveurs, comme tous les jours sur le chemin de l'école. Je sais qu'il repère les panneaux de stop et les sens interdits, c'est son truc du moment, il les compte.

Je l'imagine assis sur un lit dans un centre spécialisé, regard abruti fixant la fenêtre, attendant ses calmants de la journée. J'étouffe un sanglot et je le prends dans mes bras. Je le serre sûrement un peu trop fort mais à ce moment précis je réitère le serment fait quelques années auparavant :

— Jamais tu ne finiras enfermé dans un établissement.

Non, je ne baisserai pas les bras, je ne cesserai pas de me battre, jamais. Même à contre-courant, à prendre des coups bas et à me retrouver à terre. Jamais je ne m'avouerai vaincue.

Les jours qui suivent, je ne dors plus. Je tourne et retourne le problème dans ma tête. Prendre la place de Rédoine, payer un auxiliaire privé, faire l'école à la maison, l'inscrire dans le privé, prendre le directeur en otage…

— Oui, prendre le directeur en otage c'est une bonne idée, s'amuse Ellen.

Je l'ai contactée par Skype, j'avais besoin de la voir, et de toute façon il n'est plus nécessaire de nous cacher : pour l'instant l'Irlande refuse de l'extrader, elle peut mener librement sa vie là-bas.

— Tu vois, ce sont toujours les bons qui gagnent à la fin, ajoute-t-elle pour me rassurer.

Je sais qu'elle n'y croit pas une minute mais cela me remotive. Je songe à ce que nous avons fait, à ce dont j'ai été capable pour elle, pour son fils, pour la cause en laquelle je crois. Alors l'idée germe dans ma tête.

Voilà longtemps que je n'ai pas mis les pieds à Paris. Il fallait bien un séisme pour que je fasse le trajet. En descendant du train, je hume l'air qui ne ressemble à celui d'aucune autre ville. J'ai vécu ici, c'est là que j'ai connu le père de Ben. À l'époque, j'adorais cette ville magnifique qui semblait rendre tous les rêves possibles. Mais aujourd'hui, je suis venue pour déclarer la guerre.

Depuis trois jours, je ne pense plus qu'à ça. J'étudie et organise. J'ai repéré ma cible sur Google Satellite. Mon plan n'est pas tout à fait clair, il dépend de trop d'éléments à vérifier sur place – et de mon culot, mon courage à aller jusqu'au bout –, mais quoi qu'il se passe, je compte bien agir, faire entendre ma voix, celle de mon fils et de la cause.

— Je suis fière de toi, m'a dit Ellen.

Je l'ai chargée de prévenir les médias. Dieu sait que je n'aime pas ça mais il faut que ça fasse du ramdam.

J'envoie un SMS à Mathieu : « Bien arrivée. Jusqu'ici, tout va bien. » C'est lui qui veille sur les garçons. Avec ce que je m'apprête à faire, je ne pouvais décemment pas laisser Ben seul avec son frère. Mon grand sait ce qui se trame, je lui ai parlé bien sûr et je crois que je ne l'aurais pas fait s'il ne m'avait pas encouragée. Mes actes ont un impact sur sa vie et il pourrait bien payer pour mes « conneries », alors je me devais de l'avertir. Il m'a répondu :

— Ce ne sont pas des conneries.

Je me suis sentie fière de lui.

Le petit… Le petit c'est différent. Pas question de l'inquiéter. Je songe qu'il doit se préparer pour sa journée d'école, sans se douter que, peut-être, elle compte parmi les dernières – très prosaïquement, je me demande également si Mathieu a pensé à le réveiller un peu plus tôt pour l'emmener aux toilettes. Tous ces progrès qu'il a faits. Plus de couche, une syntaxe correcte, un vocabulaire qui a doublé… Et surtout, une capacité à communiquer, un *désir* de l'autre, une soif de communauté qui vient faire mentir tous les pronostics de ces spécialistes à la noix. Tous ces progrès et on lui enlève l'une des béquilles essentielles parmi toutes celles qui lui permettent de continuer à évoluer : l'école…

Je m'engouffre dans le métro, toujours aussi bondé. Je comprends pourquoi j'ai quitté cette ville : j'avais besoin d'air. Aujourd'hui, avec mon sac à dos, ma tête de déterrée et mes fringues de baroudeuse, j'ai plus l'air d'une SDF que d'une touriste. Il ne me manque plus qu'un chien et je suis bonne pour un contrôle. S'ils me font vider mon sac, au propre comme au figuré, ils ne vont pas être déçus.

Je sors à la station Solférino, direction la rue de Grenelle. Je me lance à l'assaut du ministère de l'Éducation nationale, rien que ça.

Je me laisse captiver par l'aurore. Depuis combien de temps n'ai-je pas admiré ce spectacle ? Petite, j'adorais accompagner mon grand-père quand il partait travailler dans les champs. C'était un bon paysan normand qui vivait au rythme des saisons et de ses bêtes. Il m'emmenait sur son tracteur, nous partions très tôt pour inspecter ses petites parcelles de champs de blé qui seraient bientôt moissonnées. Ses vaches sortaient déjà de la traite, je pouvais sentir l'odeur du lait tiède se répandre autour du bâtiment. C'étaient pour moi des moments de fête. Je me levais alors qu'il faisait encore nuit pour ne rien perdre de ces moments de grâce.

Voilà à quoi je pense, assise au sommet d'un toit parisien : un souvenir où les hommes, les bêtes et la nature étaient au même rythme. Un sentiment d'harmonie avant la bataille qui s'annonce.

Je me secoue et passe en revue le matériel que j'ai embarqué dans mon sac : une banderole, un mégaphone, une tablette pour suivre les chaînes d'info, des cordes d'escalade « au cas où »...

Bienheureusement, je n'ai pas eu à m'en servir – j'ai pratiqué l'escalade pendant quinze ans et j'étais plutôt douée, mais je ne grimpe plus depuis César –, car l'immeuble qui fait face au ministère de l'Éducation nationale est en travaux. Il faut croire que la Fortune est avec moi. Un miracle du genre de ceux qui me font dire que les planètes sont bien alignées et que ce que je fais est juste. Au pied du chantier, j'ai laissé un panneau bien en vue où il est écrit : « Si vous tentez quoi que ce soit, je saute. » Puis j'ai gravi l'échafaudage, plus facilement que je ne l'aurais cru, en prenant soin de bloquer chaque trappe derrière moi avec un sac de sable ou de ciment lorsque j'en trouvais un sur la passerelle.

Je suis donc au sommet de l'échafaudage. Les dés sont jetés, il n'y a plus de retour en arrière possible. J'accroche ma banderole d'un bout à l'autre de la plate-forme, bien en face du ministère, exactement sous leur nez. Dix mètres de draps cousus les uns aux autres sur lesquels j'ai graffé à la bombe : « Autisme, que la République fasse ses devoirs ! »

Une mère désespérée, perchée en haut d'un échafaudage, juste en face du ministère de l'Éducation nationale, la veille du réveillon de Noël, pour demander que son fils autiste puisse aller à l'école : j'espère que les médias vont apprécier. Je suis excitée à cette idée et en même temps j'ai peur de ce qui peut arriver, de tout ce que je ne contrôle plus désormais.

Collée contre la façade, je contemple le vide autour de moi. Mon Dieu, qu'est-ce que je suis en train de faire ? Est-ce que tous ces risques ont du sens ? Est-ce que ça en vaut la peine ? Le doute veut prendre place, je tente de le chasser, il revient plus fort. Et si on me faisait passer pour folle et qu'on me retirait la garde de César ? Si, comme le mari d'Ellen, Éric me lâchait complètement et me pointait du doigt ? J'ai peur et pourtant je suis portée par quelque chose d'autre : ce n'est plus seulement mon histoire qui se joue sur ce bout d'échafaudage, mais celle de milliers de parents désarmés qui, comme moi, cherchent un peu de sens et de cohérence aux épreuves qu'ils acceptent de relever tous les jours.

J'entends du bruit. Sûrement les ouvriers qui arrivent. Je m'approche un peu du bout de la passerelle et regarde en bas. Ça commence à s'agiter, le flic en faction devant le ministère m'a repérée. Je prends une grande inspiration et, les doigts gourds et légèrement tremblants, j'envoie le top départ à Ellen : « En place. Tu peux prévenir l'AFP. »

Je dégaine le mégaphone :

— Je suis la maman d'un petit garçon qui a des problèmes pour communiquer mais qui n'a pas de problème pour apprendre. On ne veut pas de lui à l'école, est-ce que c'est normal ?

Mon cœur cogne dans ma poitrine mais ma voix est ferme.

— Est-ce que c'est normal ?

Quelques fenêtres s'ouvrent dans les immeubles alentour et au ministère. Au dernier étage, une femme – semble-t-il en train de faire les vitres – me regarde les yeux ronds, bouche ouverte, chiffon à la main. En bas, quelques riverains prennent des photos avec leur smartphone, imités par les ouvriers. Dans la rumeur de la circulation parisienne qui monte jusqu'à moi, j'entends une sirène se rapprocher. Mon cœur bat un peu plus fort. Et puis ça y est, la cavalerie débarque : des CRS commencent à organiser le blocage de la rue. Heureusement, une camionnette avec parabole et logo d'une chaîne d'information en continu a réussi à se faufiler, bientôt suivie d'une deuxième. Les policiers n'oseront pas me déloger devant les caméras, c'est ma chance. Le jour est maintenant levé et peu à peu, la foule grossit. J'attrape mon mégaphone :

— Depuis quatre mois, mon fils a prouvé qu'il était capable d'aller à l'école aidé d'un AVS. Mais cet AVS va lui être retiré.

En bas, d'autres CRS se déploient. Armée de petits soldats suréquipés. Combien sont-ils, mon Dieu ? Apparemment, ils bloquent aussi l'accès au ministère, ils doivent craindre que je fasse tout sauter, croire à un sniper embusqué. Pour le moment, personne n'essaie de monter, ma menace semble fonctionner.

Mon iPhone n'arrête pas de biper, les SMS et les notifications WhatsApp se succèdent. Je ne consulte que ceux de Mathieu, Ellen et Ben. « Bah dis donc, avec ma barrette de shit, j'étais petit joueur moi ! » écrit ce dernier. Mon rire tourne au sanglot. Qu'est-ce qui se passera lorsque je descendrai ? Si on m'enlevait la garde de César ? Ne pas ciller. Depuis ma tablette, je me connecte sur un fil d'information en continu. Je suis déjà partout ! Stimulée, je reprends le mégaphone :

— Je veux parler au président de la République.

Bon, peut-être que je m'emballe un peu…

— Je veux parler au ministre de l'Éducation nationale.

Je m'approche un peu du vide et risque un œil en bas. Les flics échangent avec les ouvriers, certainement pour voir comment accéder au toit. Il ne faut pas qu'ils me fassent descendre sans que j'aie pu échanger avec un « officiel ». Il ne faut pas que je grille ma chance.

— Laissez mon fils apprendre comme les autres. Les autistes aussi ont droit à l'école. Mon fils n'a pas de retard intellectuel mais la France a des décennies de retard sur l'autisme. Mesdames, messieurs du gouvernement, il est temps de faire vos devoirs ! Il est temps d'assumer VOTRE devoir !

Je frissonne. D'émotion mais aussi de froid. Le vent s'est levé en même temps que le jour. Je suis en plein courant d'air. Quelle idée aussi d'être montée si haut. Je n'ai même pas un thermos de café avec moi. Contrairement aux apparences, je suis une bleue, une femme comme les autres. N'importe quelle mère pourrait être à ma place, c'est le contexte qui fait les héros.

Soudain, une voix familière me parvient depuis l'écran de la tablette. Éric ! Ils n'ont pas perdu de temps. Je songe au mari d'Ellen. Et si, comme lui... Non, quand même pas. J'ai la tête qui tourne, je t'en prie Éric, tu n'imagines pas combien ce que tu vas dire peut changer le cours des choses. Les journalistes sont venus sur son lieu de travail. Ses collègues l'écoutent, je vois bien qu'il n'est pas à l'aise, il prend sa respiration :

— Ça fait cinq ans que je vois la mère de mon fils se battre comme une lionne pour lui obtenir, au prix d'efforts désespérés, ce que l'État devrait offrir naturellement. Ce n'est pas juste, elle y a tout sacrifié. Croyez-moi, si elle est montée en haut de cet immeuble, si aujourd'hui elle prend tous ces risques, c'est qu'elle a une bonne raison.

Cette fois, mes larmes sont de joie. Merci Éric, cela vaut pour tous les moments où tu m'as laissée me débrouiller seule avec notre enfant. Tu t'es bien rattrapé, je considère que nous sommes quittes.

Je commence à perdre ma voix. Voilà des heures que je suis perchée là-haut à hurler dans le mégaphone. Mes doigts sont gelés, je ne sens plus mon corps. Mon obstination et le froid m'ont transfigurée. Je suis dans un état second.

— Je veux un AVS pour que mon fils continue de se rendre à l'école. Je ne demande pas plus. Je veux simplement que mon enfant aille à l'école.

La fenêtre de l'immeuble d'en face s'ouvre. Un homme fait son apparition, un mégaphone à la main. Un interlocuteur, enfin ! J'espère que ce sera le bon.

— Bonjour, madame, je suis le commissaire Adam. Vous allez bien ?

Je le regarde, un peu interloquée. Je ne m'attendais pas à une telle question. Et c'est à un ministre que je voulais parler !

— Bien ? Si j'allais bien je ne serais pas là !

Mais que dis-tu ! Autant leur tendre la camisole pour te faire ligoter, ma pauvre fille. Tu l'as craché dans ton mégaphone en plus, toutes les caméras de France ont capté le moment, la mère du petit autiste qui reconnaît qu'elle ne va pas bien, comprendre : « Elle est folle. » Mais le commissaire Adam – plutôt beau mec au demeurant – ne semble pas l'entendre ainsi.

— Je veux dire, vous n'avez pas froid ? Pas faim ? Vous êtes haut là, il ne faut pas que votre attention faiblisse.

— Vous êtes venu pour me proposer de prendre le thé ?

Il sourit.

— Non. Je viens vous proposer de descendre pour que nous parlions sans mettre votre vie en danger.

— Ce n'est pas avec vous que je veux parler. Vous pouvez m'obtenir un AVS, vous ? Non ! Alors allez me chercher le ministre.

— Le ministre est informé de la situation mais il est en déplacement. Un de ses collaborateurs est en route. Vous avez ma parole. Je vous propose de descendre l'attendre avec moi.

— Non !

Je l'ai dit d'un ton farouche et je serais prête à parier que ce que je vois dans ses yeux tient de l'admiration.

Heureusement pour moi, je n'ai pas longtemps à attendre. Dix minutes plus tard, un costume trois-pièces se pointe à la place de mon beau commissaire.

— Madame, je suis le chef de cabinet du ministre de l'Éducation nationale. J'ai étudié votre dossier. Vous aurez un AVS, je vous le promets, maintenant il faut descendre.

— Je veux une preuve.

— Vous avez ma parole.

— Je n'ai pas confiance. Je veux un document signé.

J'entends une clameur monter : toute la rue applaudit. Ça hurle des « Vous avez raison », « Ne vous laissez pas faire ! » Les entendre me soutenir ainsi me donne à nouveau envie de pleurer. Ne surtout pas flancher. Le rapport de force tourne au spectacle et je dois dire que je n'en mène pas large. Qu'est-ce que j'ai froid. Mon corps est épuisé, je n'en peux plus d'être fouettée par le vent glacé. Peut-être que j'aurais effectivement dû demander un thé chaud à mon commissaire.

En face, ils parlementent. J'en profite pour consulter mon téléphone. Soixante SMS ! Certains journalistes ont semble-t-il réussi à obtenir mon numéro. Je fais le tri parmi les messages : Rédoine qui veut prendre le train avec ses amis (le temps qu'il arrive, je crois que je serai déjà morte de froid) ; Éric : « Je suis avec toi » ; Mathieu : « Je t'aime, n'attrape pas froid. » Et Ben : « Je suis en bas. » Comment ça, il est en bas ? J'essaie de lui répondre par SMS mais mes doigts sont tellement gelés que j'en suis incapable. Je l'appelle.

— Comment ça, tu es en bas ? Comment tu as fait ?

— À ton avis ? J'ai pris le train !

— Mais quand ?

— Bah, le suivant, après le tien.

Vraiment, je me demande de qui il tient. Et Mathieu qui devait le surveiller. Ils doivent être de mèche. J'ai de la chance d'avoir ces trois-là autour de moi. Ben, César, Mathieu... Quoi qu'il arrive, nous sommes ensemble. C'est ce qui compte. J'en prends bien conscience, là, sur mon échafaudage.

— Je ne te propose pas de monter…

— De toute façon, y a pas d'ascenseur.

Il n'a pas hérité que de mon obstination, je vois qu'il a aussi de l'humour. J'ai une idée… Le chef de cabinet du ministre, ses acolytes et le flic sont toujours en face, à parlementer. Je ressors mon mégaphone.

— Monsieur le représentant du ministre ! Mon fils aîné est en bas. Vous allez lui remettre en personne, et par écrit, votre engagement solennel que César aura un AVS à la rentrée, et ce n'est pas négociable.

L'intéressé semble hésiter, puis hoche la tête.

— Très bien.

Il s'éloigne de la fenêtre. Je m'assois sur ma passerelle en soufflant. J'espère que c'est bon parce que je suis à bout. Je ne suis pas sûre de pouvoir me relever.

Soudain, tout le monde applaudit, siffle, hurle. Quelques secondes plus tard mon téléphone sonne.

— C'est bon, maman, tu peux descendre. Tu as gagné !

Je souris, je n'ai même plus la force de parler.

Épilogue

Devant l'école, je boutonne le manteau de mon petit, réajuste son cache-col. Il piaffe d'impatience à l'idée de rejoindre ses copains – qui ne le sont pas toujours, je le sais bien. Une année s'est écoulée depuis mon coup d'éclat. Encore une année, les jours filent si vite !

Le ministère a tenu parole : César a eu un autre AVS et il a terminé son CP dans de très bonnes conditions. Au printemps, nous avons néanmoins dû tout reprendre de zéro ou presque : remonter des dossiers, passer devant la médecine scolaire et les psychologues pour prouver qu'il pouvait non seulement passer en classe supérieure mais en plus rester scolarisé. Ce ne sera peut-être pas toujours le cas… Rien n'est jamais acquis, encore moins pour César. Sur le fil, toujours.

Je secoue la tête pour chasser ces pensées négatives. Pour l'heure, tout va bien. Bien sûr, il y a des crises, des colères, des incompréhensions, des coups de moins bien… Mais il est dans la vie, il est dans « le circuit ». Tant que je serai là, je ferai tout pour le maintenir en piste. Je mesure mon privilège mais j'aime aussi penser que la chance, elle se provoque.

Attention, je ne fanfaronne pas, je ne me prends pas pour Super Maman. Je ne suis pas certaine d'être un jour de nouveau capable d'autant de force que celle dont j'ai fait preuve l'année dernière. Quand, le lendemain, j'ai vu les images à la télévision, je ne me suis pas reconnue. Est-ce moi, cette mère qui défie la loi – et la gravité – du sommet d'un immeuble ?

— Faut croire que oui, m'a dit Ben. Tu l'es, et bien plus encore.

Ce sont mes enfants qui font de moi cette mère-là. Cette femme capable de monter une association à partir de rien ou d'en conter au ministre.

César lâche ma main pour pénétrer dans la cour. Tandis que je regarde sa silhouette disparaître, la maîtresse me lance :

— À ce soir !

Je réponds :

— Non, ce soir c'est son père qui vient le chercher.

Un petit silence et nous nous sourions, peut-être pour mieux laisser résonner cette phrase qui n'a l'air de rien mais qui est magnifique et me permet de mesurer le chemin parcouru. Car l'année écoulée a aussi vu le retour d'Éric dans la vie de son fils, et j'en suis fière. Je suis fière de ce que les parents fragiles que nous étions hier sont aujourd'hui devenus, au travers des épreuves que nous avons endurées, des rencontres qui nous ont rendus plus heureux et des mots que nous avons pris soin de choisir pour ne pas nous blesser davantage, malgré les doutes et les peurs qui saisissent toujours par surprise. La vie nous a fait prendre des chemins complexes qu'il n'était pas possible d'esquiver. Des chemins pleins de doutes, d'épreuves, de peurs, de guerres mais aussi de rencontres et d'amour, de tellement d'amour !

Malgré notre crainte du vide, nous avons réussi à grandir, chacun à notre façon. À l'annonce du diagnostic, j'étais entrée dans une lutte sans merci, sans distance et jusqu'à l'épuisement. C'était ma thérapie, ma survie, mon seul moyen d'accepter l'inacceptable. Nous sommes tous tellement différents face à l'injustice du handicap, personne n'est préparé. Nos vieilles douleurs refont surface et nous poussent parfois à fuir. Pas forcément par lâcheté, mais simplement parce que nous ne sommes pas assez solides pour accepter l'idée de laisser vivre en nous une certaine tristesse, le deuil d'une vie rêvée, de l'enfant parfait. Éric a fait ce qu'il a pu. Ce n'était pas facile, ça lui a pris plus de temps mais aujourd'hui, il est là. Le handicap nous a éloignés mais notre enfant nous a réunis. Il a fait de nous des êtres plus forts, plus beaux et plus grands.

La cloche sonne, les portes se ferment et je repars. Mathieu m'attend dans « notre » café. J'ai encore une heure avant mon premier entretien pour un poste de juriste au sein d'une association qui milite pour… les droits des adultes autistes. Toutes ces aventures m'ont fait comprendre qui j'étais et le rôle que je pouvais jouer dans notre société, voilà pourquoi j'ai décidé de reprendre mes études de droit et de constituer un comité de soutien pour porter le combat d'Ellen devant la Cour européenne. La France demande son extradition et devant la menace de voir Tom finir dans un hôpital et elle en prison, j'ai repris le combat. Je veux en découdre avec toutes les armes à notre disposition, démocratiques, médiatiques, juridiques. Je ne laisserai rien passer.

L'écart est profond entre l'ambition que j'avais en me lançant dans mes études la première fois et la vocation que j'éprouve maintenant. Tout aussi profond que celui qui sépare Mathieu d'Éric. Avant César, j'étais plutôt insouciante et sûrement superficielle. Mon fils m'a changée aussi en tant que femme et que citoyenne. Alors, même si je souffre de savoir que tout mon amour n'effacera pas les différences qui l'éloignent des autres, je ne peux m'empêcher de m'émerveiller de l'envergure et de la profondeur que ces mêmes différences m'offrent en me poussant à me surpasser, à m'interroger. Oui, il révèle le meilleur.

J'accélère le pas et resserre le col de mon manteau. Tout n'est pas rose bien sûr. Je sais que l'isolement guette sa vie d'adulte. Même si je ne veux pas y penser, j'en ai peur. Comment sera l'avenir ? Qu'est-ce qui nous est réservé ? César va devenir un bel adolescent plein de désir et d'amour mais aussi, certainement, de colère, de doutes et de peines. Comment vais-je faire face à ses douleurs silencieuses ?

J'arrive. Derrière la vitre, je vois Mathieu, installé au comptoir du café animé. Je l'observe.

« Je ne serai pas seule », me dis-je. Lui, mais aussi Éric et Ben m'accompagnent, accompagneront César. Et peut-être un autre frère ou une sœur ? Mathieu a fait quelques allusions, avec sa délicatesse habituelle. J'ai tout juste quarante ans, nous nous aimons, il serait un père formidable, faire un enfant ensemble serait dans l'ordre des choses, n'est-ce pas ? Mais quand j'y pense, la culpabilité et la peur affluent. La première me taraude depuis le diagnostic de César, malgré des années à me raisonner. La seconde ne manquera pas d'empoisonner une future grossesse. Au fond de moi, je désire un autre enfant. Je désire porter, allaiter, serrer contre moi un nourrisson. Et plus que tout, j'aimerais un enfant avec Mathieu. Mais pour l'instant, je ne me sens pas prête, et je ne sais pas si je peux lui promettre de l'être un jour. Si César a révélé en moi des capacités que je n'imaginais pas avoir, il m'a aussi fragilisée.

Je relève le menton, comme un défi à la fatalité. L'essentiel est de faire de ce qui nous arrive quelque chose de beau, c'est notre seule chance de nous en sortir. Si je ne choisis pas ce qui m'arrive, c'est encore moi qui choisis la façon dont je le vis. À force d'épreuves, j'ai compris qu'il fallait prendre le bonheur là où il se trouve. C'est cela ma vraie victoire : celle d'avoir appris à être heureuse.

Remerciements

Merci à vous, Estelle Ast-Verly, Maryna Zholud, Aurélie Chapel, Olivia Cattan, Laure Delaronde... Je ne peux, hélas, pas toutes vous citer, vous les mamans guerrières qui, chaque jour, prenez les armes pour que des enfants égarés retrouvent le chemin qui mène à notre monde. Si les choses ont pu évoluer en France ces dernières années, c'est à vous que nous le devons. Laura est inspirée de vous, de vos histoires incroyables et de vos combats insensés. J'ai, bien sûr, une attention plus particulière pour vous, Estelle et Maryna, dont les parcours ont été relayés par les médias et dont je me suis emparé. J'espère que vous me pardonnerez ce chapardage. Il est le témoignage de mon admiration et de mon estime pour les combattantes que vous ne cessez d'être.

Un remerciement spécifique à Charlotte Pons sans qui ce livre n'existerait tout simplement pas. Ton apport est inestimable et tu le sais. J'admire la somptueuse romancière que tu es – *Parmi les miens* –, mais par notre travail, j'ai aussi découvert ta générosité, ton attention profonde et ton talent à pousser un projet jusqu'au bout. J'en profite pour saluer tes ateliers d'écriture « Engrenages & Fictions ». C'est un endroit fabuleux pour s'accomplir et donner une réalité à des rêves que l'on croyait inaccessibles. Ce livre en est un bel exemple.

Merci à Anavril Wollman, mon éditrice qui a fait le pari d'un nouvel auteur inexpérimenté sur un sujet délicat et complexe. Ton enthousiasme inébranlable a eu raison de mes doutes et de mes peurs. Tu n'as jamais flanché et aujourd'hui le livre est là, il existe, mon Dieu, et j'en suis encore tout ébaubi.

Merci à Jean-Christophe Rufin pour cette magnifique préface. Je suis d'autant plus touché par tes mots que je suis un de tes fervents admirateurs, et cela bien avant de te rencontrer dans les bureaux d'Action contre la faim. Ton parcours époustouflant, ton talent immense et tes engagements sans faille sont une source d'inspiration extraordinaire pour tous ceux qui te côtoient.

Merci à François Danel pour cette rencontre inattendue avec Anavril. Depuis ACF où nous nous sommes rencontrés, nous n'avons jamais cessé de guerroyer à coups de batailles associatives au service de causes pour lesquelles il faudra toujours s'engager. J'espère que nos échanges passionnés dureront encore longtemps.

Enfin, je ne remercierai jamais assez tous ceux qui contribuent chaque jour à faire que ma fille se sente à sa place dans ce monde et y trouve, elle aussi, sa part de bonheur. Je vous serai toujours redevable.

12597
Composition
NORD COMPO

Achevé d'imprimer en Espagne
par BLACK PRINT
le 25 février 2020.

Dépôt légal : décembre 2019.
EAN 9782290209707
OTP L21EPLN002599A002

ÉDITIONS J'AI LU
87, quai Panhard-et-Levassor, 75013 Paris

Diffusion France et étranger : Flammarion